黒《くろ》仏《ぼとけ》

警視庁異能処理班ミカヅチ

内藤 了

講談社
タイガ

——警視庁本部及び警察庁を含む中央合同庁舎ビルが建つ場所は大老井伊直弼《いいなおすけ》が暗殺された桜田門外、豊後《ぶんご》杵築《きつき》藩松平《まつだいら》家の跡地であり、上空から見ると奇態な形状をしているが、それが奈落《ならく》に滾《たぎ》る怨霊《おんりょう》を鎮めるための『呪《しゅ》』であると知る者は少ない——

主要登場人物

【ミカヅチ班】警視庁の地下を間借りしている警察庁の研究班

安田《やすだ》怜《れい》——エンパス系霊能力者 警察庁外部研究員。

折原堅一郎《おりはらけんいちろう》——首なし幽霊 もと警視正・ミカヅチ班最高責任者。

土門一平《どもんいっぺい》——陰陽師《おんみょうじ》 土御門《つちみかど》家の末裔《まつえい》・警視庁警部・ミカヅチ班班長。

極意京介《ごくいきょうすけ》——悪魔憑《つ》き 警視庁捜査一課の刑事・通称赤バッジ。

広目《ひろめ》天《あまね》——盲目の霊視能力者 警察庁外部研究員。

松平《まつだいら》神鈴《みすず》——虫使い 豊後杵築《ぶんごきつき》藩松平家の末裔・警察庁職員。

【三婆《サンババー》ズ】ミカヅチ班の外注先である特殊清掃業者

武者小路《むしゃのこうじ》リウ——白髪痩軀《そうく》で男好き。

大善《だいぜん》千《せん》——ドレッドヘアで熊《くま》体形。

小宮山《こみやま》かつ子《こ》——毒舌の漬物名人。

目次

デザイン・写真―舘山一大

黒仏《くろぼとけ》　警視庁異能処理班ミカヅチ

――吾《われ》を不憫《ふびん》とおぼしめさば、土葬火葬は無用なり。吾らが腹を裂き、はらわたを取り出《いだ》し、内へ米を詰め込みて、上をば漆にて十四へん塗り固め、外面《おもて》に持仏堂をこしらへ、吾をその内に入れ、鉦鼓《しょうこ》を持たせ置き、朝夕わが前にきたり、念仏をすすめてたべ

諸国百物語　巻の二、九――

プロローグ

十月。東京はまだ暑い。街路樹が秋色に変わってきても、日中に吹く風はぬるい埃《ほこり》の匂《にお》いがしている。長く歩けば体は汗ばみ、すれ違う人の多さにイライラが募《つの》ってくる。買うべきものを買ってショッピングセンターを出ると、男はその場で足を止め、強く目を閉じてから額を何度も拳《こぶし》で叩《たた》いた。どうにもできないほど怒りが募っていたからだ。

初めは耳鳴りか雑音のようだった。けれどもそれは次第に明確な言葉に変わり、あらゆる音を押しのけて頭の内部でわめき始めた。

よこせ……よこせ……あれを……よこせ……

声は強い意志を持ち、体の内側から男を苛《さいな》む。そんな状態がもう何日も続いているのだ。寝ても覚めても声は止《や》まない。脳みそが溶け出すような苦しみが多少なりとも癒《い》えたのは、ショッピングセンターで包丁を買ったときだけだ。

よこせ……よこせ……早くしろ……

店を出たとたんにまた聞こえ始めた声に耐えきれず、男は体をくの字に曲げて近くの公衆便所へ駆け込んだ。個室に入ると大便器に腰を下ろして、買ったばかりの梱包《こんぽう》を解く。切っ先鋭い三徳包丁を箱から出して目の前にかざすと、刃に自分が映り込んでいた。

なんという顔だろう。首には青く筋が浮き、顔は冷や汗に濡《ぬ》れていて、両目とも白目が充血し、こめかみがドクンドクンと脈打っている。

よこせ……あれを……よこせ……はやく……

声はもはや耳元で囁《ささや》かれているかのようで、不快な息が首筋にまで触れる。何をよこせと言われているのか理解もできる。それをやらねば声は止まない。絶対に声は止まないだろう。今ではもはや男自身が『あれ』を欲しているかのようだ。あれ……あれを……あれが……欲しい……砂漠で迷った人間が水を欲するごとく、飢えた人間が食物を渇望するごとく、男もあれを欲している。ひとつでは足りない。いくつも欲しい。

あれを。すぐに。

そのとき微かに風が動いて、便所に入ってきた誰かの足音がした。その誰かはあれを持っている。

男は包丁を順手に握ると、膝《ひざ》に広げた包みや箱を床に落として立ち上がった。凶器を構えて個室を出ると、こちらに背中を向けて若者が用を足していた。ツーブロックに刈りあげた髪は耳のかたちがよくわかる。銀のピアスが光っている。よこせ……あれを……

男は包丁を振り上げた。

真っ昼間に銀座のど真ん中で無差別殺傷事件が起きたと通報を受け、近隣から警察官らが集結していた。事件は数寄屋橋《すきやばし》公園の公衆トイレで始まって、犯人は通行人を次々に襲いながら高架下へ至り、逃げ惑う人々で一帯は騒然となっていた。

警視庁捜査一課の刑事『赤バッジ』こと極意京介《ごくいきょうすけ》は、たまたま騒ぎを聞きつけて現場に走り、そこで惨状を直接目にした。

地下鉄に直結するショッピングセンターの出入口付近には、何人もの人が倒れていた。被害者は一様に頭部から出血し、地面に流れた血だまりに小さな肉片が浮いていた。

阿鼻叫喚《あびきょうかん》の渦はまだ高架下で続いていて、そちらへ走るとさらに負傷者の姿があった。人々は逃げ惑い、そのくせ事件現場から距離を置いて立ち止まり、野次馬に変じて様子を見ている。その先で警察官らが中年の男を取り囲んでいた。

犯人は殺気の塊《かたまり》のような形相で、パンパンに頰《ほお》を膨《ふく》らませ、血まみれの包丁を頭上高く振り上げている。前歯の間に見え隠れするのは、白っぽい肉のようなものだった。足下に一人の女性がうずくまっているが、彼女の顔も血まみれだ。腰が抜けて動けないのか蒼白《そうはく》になって震えている。

「包丁を捨てろ！　捨てないと撃つぞ！」

警察官が拳銃《けんじゅう》を構え、大声で警告を発している。

反射的に赤バッジも背中に手を回したが、拳銃を携帯してはいなかった。足下に女性がいるため警察官らは発砲できない。射程距離がさほど長くないからだ。頭上に高架の床板があるため跳弾の危険性も視野に入れていることだろう。

赤バッジは大きく息を吸い込むと、拳を握って自分に言った。

俺なら軽々と警察官らの頭上を飛び越えて、犯人を地面に叩きつけることができる。八つ裂きにするのも簡単だ。けれど、今それをしてなんになる？　体に悪魔を宿していても、世界中の暴漢を組み伏せることなどできないし、俺はヒーローでもなんでもない。異能があっても万能ではなく、むしろ異能や怪異を隠蔽《いんぺい》するのが仕事じゃないか。公然と異能をさらしてどうする。

そして吸い込んだ息を牙《きば》の隙間《すきま》からゆっくり吐《は》いた。どけ、女。そこをどけ。そうすれば警官は発砲できる。震えていないで自分を守れ。

犯人は包丁を振り上げたまま彫像のように固まっている。警官の声が聞こえているのかいないのか……妙だぞ、と、赤バッジは気が付いた。あいつは一度も瞬《まばた》きしていない。

「……なんだ？」

目をこらせば、犯人の肩に黒いモノがへばりついている。

あれはなんだ。よくわからない。

「捨てなさい。包丁を捨てるんだ。撃つぞ！」

その足下で女が震えている。犯人は動かない。肩に何か乗っているのか？　真っ黒で小さなものが耳元に囁いているようにも見える。まさかアレのせいなのか。そうならば……

居並ぶ警察官らの背後から赤バッジは吠《ほ》えた。

「伏せろ！　女、体を伏せろ！」

刹那《せつな》、犯人は意識を回復し、足下にいた女性が伏せた。銃声が鳴り、金属音を立てて包丁が地面に落ちる。数秒遅れて犯人は、バタリと地面に転がった。取り巻いていた警察官が突進していき、赤バッジには警察官しか見えなくなった。

「救急車！　救急車！」

と、誰かが叫ぶ。

複数台の救急車はすでに現場で待機して、高架下から離れた場所で被害者の救命措置に当たっている。犯人はどうなったのか、女性が最初に引っ張り出されて救急隊員に渡された。担架に乗せられた彼女は両耳からおびただしく血を流していた。

警察官が何かを拾って隊員に手渡した。血まみれでビニール袋に入れられたのは切り落とされた耳だ。クソ……犯人はどうなったんだ。

「離れてください。ここは立ち入り禁止です」

若い警察官に注意されたので、身分証を見せて黙らせた。彼を押しのけて犯人の様子を見に行くと、救急隊の応急措置が続いていた。パツパツになった口から吐き出されたのも、やはり耳だった。切られた人の耳が担架や地面に転がっている。あまりに異様な光景だった。

赤バッジはその場を離れて、惨劇の跡を追い戻ってみた。

公園のトイレには検視官らが集まっている。人の隙間に血まみれの床が見え、若い男が仰向《あおむ》けに横たわっているようだった。血を踏んだ犯人の靴跡がトイレから外へ飛び出している。そこでも死亡者が出たらしく、警察官らが遺体にシートをかけていた。さっき血だまりに浮かんで見えた肉片もおそらく耳だ。犯人はそのいくつかを口に含んでいたらしい。なぜだ。どういうことなんだ？

ベリーショートの髪に手を置くと、赤バッジは眉毛《まゆげ》のない目で宙を睨《にら》んだ。

「んだよ……クソ……」

仰ぎ見た空にはうろこ雲が広がって、美しく整備された公園の木々が揺れている。

怪異がらみだ……おそらく……たぶん……間違いなく。

「場所が場所だけに注目を浴びるとヤバいかもな」

やたらに怪異が頻発している昨今だ。『忌《い》み地』と呼ばれる警戒区域の中ならともかく、銀座のど真ん中で妙な事件が起きたとなれば、バカが集まってきてオカルト話と結びつけ、さらに怪異を呼ぶかもしれない。それは拙《まず》い。

けたたましいサイレンの音を立てて、犯人を乗せた救急車が出発していく。

野郎が吐き出した耳を野次馬連中がスマホで撮ってなければいいが……まあ……と、赤バッジは野次馬を見る。普通の人間は怪異のせいだなどとは思わずに、異常を来《きた》した輩《やから》の仕業と思うだろう。ただ、同様の事件が続けば俺たちの出番だ。面倒くせえな。

「取りあえず、報告だけはしておくか」

赤バッジは自分に言った。

高架下に集まっていた警察官が自分の持ち場へ帰っていく。赤バッジはその様子を目で追いながら、静かに現場を離れていった。

面倒くせえんだよ、東京は。ブロックとコンクリートと植栽でモダンな姿を装っていても、地下には思念が渦巻いているときたもんだ。掘れば山ほど骨が出る場所は建物を建てずに公園にして、子供や老人が蓋《ふた》の上で時間を過ごす。史跡や旧跡として人払いできる場所はまだいいが、呪《のろ》いや祟《たた》りを封印したまま、素知らぬ顔でまちなかに残されている忌み地は数知れない。それらが鎮まっているうちはいいが、もしも一斉に動き始めたら、

「ケツをまくって逃げるしかねえか」

心で言って、自分を笑った。

どこへ逃げるというのか、そのときがくれば誰ひとり逃げ切れるはずもないものを。

ときに『人の生き死に』は、怪異によって操られている。人はそれを知らないだけだ。理解不能な偶然に偶然が重なって悲劇を呼ぶとき、間が悪かったとか不運とか、人は陳腐《ちんぷ》な理由をつけて理解しようとするけれど、赤バッジはそれが怪異の仕業と知っている。近代的で美しい場所にもそれはあり、人が思うよりずっと近くに平気な顔で存在している。

知れば恐怖でパニックが起きるから、警察庁には怪異を隠蔽する部署がある。所属する者は全員が異能者だが、その任務も使命も役割も、公になることはない。

身を翻《ひるがえ》して喧噪《けんそう》を離れた。パトカーや救急車のサイレンがけたたましく鳴り響き、野次馬どもはスマホを掲げて悲劇の跡を撮影している。それをネットに投稿し、ヒドい、怖い、かわいそう、と、言葉を添えて他人にさらす。被害者のショックを慮《おもんぱか》ることもなく異常事態に酔いしれる。その心根の卑しさに比べたら、怪異など可愛《かわい》いものだと赤バッジは思う。少なくとも怪異が起こす現象には理由があるし、徒《いたずら》にターゲットを選んだり、変えたりすることはないからだ。

警視庁の地下三階に秘して存在する警察庁の研究機関『ミカヅチ』は、怪異が起こした事件を人が起こした事件に偽装する。警視庁捜査一課の刑事・赤バッジもまた、怪異がらみの事件をミカヅチに伝えて処理を促《うなが》す連絡係だ。

其《そ》の一　光と影

真っ白な病室に機械音が低く鳴り響く。照明を落とした室内は枕元《まくらもと》灯の明かりがカーテンに透けて、ベッドに人の体が載っているのがうっすら見える。

怜《れい》はカーテンの手前に立つと、それを空気のようにすり抜けた。

目の前に横たわるのは若い女性だ。毛髪は抜け落ち、頭蓋骨《ずがいこつ》のかたちがわかるほどに頬が痩《こ》け、体に無数のチューブをつながれて、薄い病衣を一枚だけ羽織《はお》った痛々しい姿。口元を覆《おお》っている呼吸器の内部が曇るので、まだ生きているのだなとわかる。

「……真理明《まりあ》さん」

と、怜は呼んだ。

「また来たよ。気分はどう?」

いいわけないとわかっているけど、訊《き》いてみた。

すると彼女は薄目を開けて、怜のほうへ眼球を動かした。

前に来たときは白目が充血していたけれど、今日は少し白くなっている。

怜は腰をかがめて、耳元で、「苦しいね」と、また言った。

「ぼくがもらうよ。痛みも、苦しさも、もどかしさも」

額と患部に手をかざし、目を閉じて一心に願う。

彼女の辛《つら》さをぼくにください。少しでもこの人が眠れるようにしてください。

ドロドロとした粘着質の、よくないものを手のひらに感じた。それは彼女の中にわだかまって肉体をむしばみ、心を苛む根元だ。痛みになり、熱になり、だるさや居たたまれなさになり、絶望を与えて病人を奈落《ならく》へ引きこもうとする。だからぼくが一緒に苦しむ。

こっちへこい。移ってこい。ぼくが半分引き受けるから。

怜の全身が微《かす》かに光った。すると光に吸い寄せられて、真理明の体から黒いものが抜け出していく。ごくん。ごくん。怜はそれを吸収し、光はさらに増していく。

「……天使」

と、真理明は目を閉じて言う。涙がそっと頰を伝って、よい香りを嗅《か》ぐかのように呼吸をすると、微笑《ほほえ》みながら眠りについた。

ありがとう。

心の声が怜に聞こえる。もっと楽になってほしくてさらに両手をかざしたけれど、自分の体は早くも薄くなってきて、霧のように消えかけている。

残念……今日はここまでか。もう少しとどまっていられたらいいのに。

「真理明さん」

と、怜は優しく言った。

「また来るね。きっと、また、すぐに」

そして光の粒子になってどこかへ消えた。

銀座で無差別殺傷事件が起きた日の昼休み。

怜は異能処理班のオフィスで瞑想《めいそう》から覚めて背筋を伸ばした。

エンパス系霊能力者の安田《やすだ》怜が新人研究員としてミカヅチに迎えられたのは昨年の冬。季節は巡り、また秋が来て、冬が来たなら一年が経《た》つ。

班の総括責任者は首なし幽霊。班長は陰陽師《おんみょうじ》で、警察事務員は虫使い。ほかに霊視能力者の研究員がいる奇妙な班だが、怜はすっかり職場に馴染《なじ》み、最近は『この班と縁がつながった理由』を模索する日々だ。『怪異は祓《はら》わず隠蔽する』が規則のミカヅチ班だが、それでも、どうしても、よりよい結果を求めたくなってしまう。連絡係の赤バッジが妹を盾に悪魔に騙《だま》され、魂の危機に瀕《ひん》していると知ればなおさらだ。

床に座禅を組んで半眼になり、心を無にしていた怜は、深く呼吸して意識を現実世界へ呼び戻す。

「安田くん、いつから座禅に凝《こ》っていたっけ?」

右に左に回転椅子《いす》を揺らしながら松平《まつだいら》神鈴《みすず》が訊いてくる。小柄《こがら》なので床に着けた足がつま先立ちになっている。

彼女は愛用のポシェットを膝に置き、パチパチと口の部分を鳴らしていた。昼に弁当を食べ終えたあとは、手持《ても》ち無沙汰《ぶさた》に『退屈の虫』を採取するのが神鈴の癖《くせ》で、そういうときはなぜか椅子を左右に回すのだ。

松平神鈴は豊後杵築藩《ぶんごきつき》松平家の末裔《まつえい》で、猫のキャラクター型ポシェットに様々な虫を飼っている。昆虫ではなく、『疳《かん》の虫《むし》』や『腹の虫』などと呼ばれる類《たぐ》いの虫で、それらを自在に他者に憑《つ》け、感情をコントロールする虫使いなのだ。

首の後ろを揉《も》みながら、立ち上がって怜は答えた。

「いつからというか……ここ最近ですね。意識を飛ばす訓練で」

神鈴は訳知り顔で、「ふーん」と言った。

「いったい何を企《たくら》んでるの？」

「企んで、というか、真理明さんの夢に入るんです」

立ち上がるとそこには赤バッジのデスクがあって、透明マットに写真が一枚挟まれている。輝く笑顔をカメラに向ける女性は赤バッジの妹、真理明で、まだ健康だったころに撮られたものだ。

「日本のほうが十四時間ほど進んでいるので、この時間だと向こうは夜の十一時過ぎ。真理明さんが眠りに入るころでちょうど都合がいいんです」

真理明は臓器が腐る難病を患い、治療のためアメリカにいる。

「夢に入るってどういう状況？　安田くんが座禅を組むと彼女の夢に入れるの？」

神鈴も席を立ってきて、真理明の写真を見下ろした。

ほんとうにきれいな人だと思う。屍《しかばね》のような今の姿は想像できない。

「夢は媒体と言いますか」

答えながら怜は首をひねった。説明するのは難しいのだ。

「なにそれ」

「神鈴さんは、ぼくが境の辻《つじ》からあっちへ行って、迷った事件を覚えてますか？」

「もちろんよ。一歩も動いちゃいけないはずが、安田くんったら約束破って、広目《ひろめ》さんを殺しそうになったのよね」

「……そんな言い方」

境の辻はこの世とあの世をつなぐ特殊な場所だ。そこには空間のひずみがあって、生きた人間があちらの世界へ迷い込んだり、あちらのものがこちらに迷い出てきたりする。そうした辻は各所にあるが、ほとんどが禁足地や忌み地、神隠しの場所などとして護《まも》られている。怜は新田《にった》神社の迷い塚《づか》から幽世《かくりよ》へ入り、そこで真理明と会ったのだ。

「あのとき真理明さんの病室の天井に、境の辻が開《あ》いていたんです」

度重なる臓器移植で真理明は惨《むご》い状態だった。粘膜の糜爛《びらん》で血を流し、体と機械を無数のチューブでつながれて寝返りも打てず、痛みと苦しみで眠ることもままならない。その苦しみを知ったとき、怜は一歩を踏み出していた。

「あれを見て動かずにいられる自信は、今もないです」

「ま、安田くんの気持ちはわかるわよ。バカがつくほどお人好《ひとよ》しだし、見かけによらず直情型で、広目さんまで巻き込んだのには……」

神鈴はコソッと呟《つぶや》いた。

(あのとき私、実はけっこう驚いたのよ。クールビューティヒロメがまさか、安田くん救出に行くなんて)

それから普通の声に戻って、

「そういえば、極意さん、言ってたわよね？　安田くんが向こうで真理明さんに会ってから、真理明さんは少し眠れるようになったって」

「そうなんですよ。不思議だけれど」

神鈴は「くす」と、思い出し笑いをした。

「真理明さんったら、安田くんのことをクルクルパーマの白い天使と思ったのよね。クルクルパーマの白い天使」

そこだけ繰り返すので、恥ずかしくなる。

「たぶんぼくが光ったからだと思います。なぜかはわからないけど、最近は体が光ることがよくあって……それで考えたのは、もしかして光が真理明さんにいい効果をもたらすのではと」

「キリストの手かざしやルルドの奇跡みたいなこと？　安田くんがキリスト？」

「決して自分を聖人化しようとしているわけじゃないですよ。でも、『手当て』の語源は患部に手を当てることから来ているわけで、痛いところをさすったり、押さえたり、そういうので気持ちが和らいだり楽になったりするわけで」

神鈴は意味ありげな目つきで怜を見ると、

「わかるわよ──」

と、口だけで言った。

「──助けたいと願う気持ちが彼女に伝わり慰めになる」

「そういうことです。医者でもないぼくにできるのはそれくらいだし、夢は肉体を伴わないから、境の辻で迷って広目さんに迷惑をかけることもない。少しでも楽になるなら、なんでも試してみるべきでしょ？」

神鈴は疑《うたぐ》り深《ぶか》そうに訊く。

「そうだけど……ホントに効果あるの、それ？」

「安田くんはエンパス系霊能力者ですからねえ。人を癒やす力は、もちろんあると思いますよ」

班長の土門《どもん》が給湯室から出てきて会話に加わった。彼は愛妻弁当を食べ終えると弁当箱を洗ってきれいに拭《ふ》いて、ケースに戻して持ち帰るのだ。

班の最高責任者である折原《おりはら》警視正は自分のデスクにかけたまま、腕組みをして目を閉じている。死人なので昼食を摂《と》る必要はなく、土門や怜が淹《い》れるお茶の香りを糧《かて》とする。一心に目を閉じているのは霊界を覗《のぞ》いているときだ。もう一人のメンバーである広目 天《あまね》は、昼飯を食べに出たまま、まだ帰ってきていない。

「でも班長。安田くんは夢で生身の真理明さんに会いに行くって言ってるんですよ。それって荒唐無稽《こうとうむけい》な話よね」

「ぼくは、夢はただの脳内意識じゃなくて、あちらの世界とつながる方法のひとつじゃないかと思ってるんです。事実、今だって瞑想中に真理明さんの姿を見たわけだから」

「それも一理ありますか」

と、土門も言った。

「この世とあの世の端境に魂がさまよった記憶を夢と認識する。俗には、臨死体験であの世を垣間見《かいまみ》たというような話と近いでしょう。意識が鳥や虫などに憑依《ひょうい》して、それが見た光景を夢だと思う、などというのも有名ですよ。不思議なのは、なぜか獣に乗り移ったという話はなくて、多くが飛ぶ虫、または鳥であるのも興味深いことですね。同様の逸話が世界中にあることからも、人の意識は、思考を持たない生き物になら乗り移れるということなのかもしれません。高等動物は考える力がありますから、意識が干渉し合うのかどうか」

「面白い考えね」

「ぼくはこの前、幽世へ行ったときに思ったんです。そこでは時間や空間がカオスになっていて、夢とすごく似ているなって。映像が折り重なる感じとかは夢の導入部分にそっくりでした。で、もしかしたらぼくらが夢だと思ってきた『ある部分』は、肉体を離れた意識が実際に幽世をさまよって見た光景なのかもしれないと」

「あー、たしかに……亡くなった人と話をしたり、妙に生々しい夢を見ること、あるものね」

神鈴はポシェットの蓋をパチンと鳴らした。怜は続ける。

「特に、何度も見る同じ夢とか、記憶に残って忘れられない夢というのは、そういうことじゃないのかな、と思ったり……意識が未来へ飛んで知り得たことを正夢や予知夢と思い、過去で得た記憶をデジャブと感じて不思議がったりするのかも。そうなら夢を通って意識だけ飛ばせば、肉体は現実世界に置いておけるから、生身で幽世へ行くほど危険じゃないってことになる。それに夢なら寝て見ればいいだけだから、効率的に真理明さんとコンタクトできるんじゃないかと」

「それで瞑想？　安田くんって、発想がもう荒唐無稽ね」

「安田くんは諦《あきら》めませんねえ――」

と、土門は笑う。

「――懲《こ》りるどころか安全に時空を超える方法を模索しているわけですか」

怜はしばし考え、やがて自分に頷《うなず》くと、土門のほうへ体を向けた。

「それなんですけど、班長に報告していないことがあります。極意さんに聞かせたくなくて、黙っていました」

弁当箱をケースにしまう手を止めて、土門が怜を振り返る。報告は業務の基本だ。彼は丸いメガネの奥で目を細め、怜に発言を促した。

「実はあのとき……あのときというのは、ぼくが境の辻を超えたときですが、真理明さんは自死を望んでいたんです」

「え?」

と、神鈴が眉根を寄せる。

「病室の天井に開いた穴から彼女を見た瞬間に、わかったんです。何度臓器を取り替えてもまた腐る。終わりのない苦しみに真理明さんは死を切望していた。人間って、生きることを諦めたらすぐに死んでしまいますよね。だけど彼女が自分で死を選んだら……」

「……そうでしたか」

と、土門は言った。お地蔵さんのような顔を歪《ゆが》めて何度か頷く。

「なるほど。それが悪魔の計略だったわけですね? 妹の命を長らえようと悪魔に体を差し出した赤バッジは、真理明さんが治ることのみを信じて、自死する可能性など、これっぽっちも考えなかった。けれどもし、彼女が自死を選んだ場合、それは悪魔のせいではありませんから、直ちに契約は履行され、赤バッジの許《もと》へ地獄の犬がやって来る」

「ひっど……」

神鈴は唇《くちびる》を引き結び、ポシェットの蓋を激しく鳴らした。

「真理明さんは極意さんが悪魔と交《か》わした契約を知りません。だから自分が極意さんを苦しめていると思ってるんです。極意さんは彼女を救うため悪魔憑きになったのに、真理明さんは自分がお兄さんの元凶だと思って苦しんでいる」

「うわ、なんなのサイテー。私は安田くんみたいなお人好しじゃないけれど、それでもムカつく。腹が立つ」

神鈴がさらに激しくポシェットを鳴らしていると、

「まったくだ」

ドアが開き、そう声がして、広目が部屋に戻ってきた。

「俺もお人好しではないが、悪魔のやり口が腹に据えかね、気がついたら幽世へ飛び込んでいた……言っておくが、決して新入りのためにしたことではない。当然ながら赤バッジに同情したわけでもないぞ」

細長い体で長い髪の広目は目を閉じたまま室内を進み、怜らの脇《わき》を通って洗面所へ入っていった。食事の後は必ず歯を磨《みが》くのが彼の習慣だ。

「そんなに切羽詰《せっぱつ》まった状況だったとは知らなかったわ。なら、安田くん、すぐにそう言ってくれればいいのに。私はまた安田くんが早計な真似《まね》をして広目さんを危険な目に遭わせたんだと思っていたわ」

「早計な真似をしたのは間違いないし、広目さんに救ってもらったのも間違いないです。でも、あのとき動いた本当の理由は……極意さんの気持ちを考えたら、極意さんの前では言えませんでした。兄としてよかれと思ってしたことが、しかも魂を賭《か》けてしたことが、妹さんを死ぬより苦しめているなんて」

「まあ、そうね……それを知ったら極意さん……うぁーっ、メッタクッソ腹が立つー！」

神鈴はもはや蓋を開けたポシェットを、グルングルンと振り回している。

「悪魔の本質は『嘘《うそ》つき』ですからね。しかも狡猾《こうかつ》ときています――」

丸いメガネを押し上げて、土門はさらに二度ほど頷いた。

「――しかしながら疑問も残ります。妹の命を救ってやろうと持ちかけたときから、悪魔の本当の狙《ねら》いは赤バッジだったということでしょうか」

「でも、極意さんは私たちと違って、異能者ではない普通の人間だったのよ？　それに、こう言っちゃなんだけど、特別崇高な精神の持ち主でも、聖職者でもないただの刑事よ。悪魔は極意さんの何が欲しくて陥れたのかしら」

「そうですねぇ……たしかに……」

と、土門も首を傾《かし》げた。

「それなんですが、ぼくも疑問に思っていることがあります。もしも極意さんの魂が欲しいだけなら、もっと早く、真理明さんがあんな状態になる前に自死させて、手っ取り早く魂を奪えばよかったはずだと思います。でも、次々に臓器を提供して生きながらえさせている」

「苦しめ続けているとも言えるんじゃない？」

「悪魔は彼を苦しめるのが楽しいんでしょうか」

怜が訊くと、土門が答えた。

「これは私の解釈ですが、悪魔は勝手に人の魂を奪えないのではないでしょうかね。人の主権は神にあるので、悪魔は人が自ら魂を差し出すように仕向けない限り、その魂を奪えない。悪魔は人に取り憑きますが、相手が最期まで神を捨てず、悪魔にも屈しなかった場合、たとえ肉体は失われても魂は神の許《もと》へ去って、奪うことができないのでしょう。それゆえ悪魔はあの手この手で人を苦しめ、神を捨てさせる」

「……極意さんが降参するまで真理明さんを苦しめ続けるってことですか」

「そう思います。赤バッジは、口では神を呪ったと言いながら、実はそうではないのではないかと。もともとの契約が詐欺《さぎ》に遭ったようなものですからね、彼の心に『信じる』気持ちがあるうちは、赤バッジをどうすることもできないのでしょう」

「でも真理明さんが自死すれば、極意さんのところへは地獄の犬が来るのよね？」

「契約が履行された場合は、そうなるでしょうね」

「ヒドい！　だから真理明さんが苦しんで自死するように仕向けているのね」

ムキー！　と、神鈴が地団駄を踏む。

「だから俺は忠告したのだ。赤バッジのことは放っておけと——」

洗面所から出てきて広目が言った。自分の席へ向かうとき、怜のほうをキッと見る。眼球を持たずに生まれた彼は眼窩《がんか》に水晶を入れているので、眼《め》が金色に光って見えた。

「——ただ、きみのバカッぷりに感染してから考えが変わった……平たく言うなら俺も腹が立ってきた。今は奴《やつ》らに一矢報《むく》いる方法があるなら知りたいと考えている。正義のためでも赤バッジのためでもない。唾棄《だき》すべきやり方に腹の虫が治まらないからだ」

「賛成。私も、ぎゃふんと言わせてメタメタにやっつける方法があるなら知りたいわ」

と、神鈴も言って腕組みをした。

「安田くんが瞑想で意識を飛ばせたら、真理明さんを癒やして治せるかしら。一番いいのはそれじゃない？　真理明さんが治って、極意さんが悪魔に引導を渡せば」

「引導は仏教用語ですから、悪魔相手ならば洗礼でしょうか、ちょっと違うか」

土門がブツブツ言っている。

「とにかく安田くんのヒーリングパワーが効くのが一番大事ね。でも、それをして安田くんの体はどうなの？　痛みや苦しみを肩代わりして臓器が腐ったりするんじゃないの」

「今のところまったく変化はないです」

怜はニコリと神鈴に微笑んだ。

「腐ってもいいと覚悟していたんですけど、なぜかまったく平気なんです」

へえー、と唇を動かして、神鈴は大きく頷いた。

「むしろ調子もいいみたいです」

「どういうメカニズムなのかしら」

神鈴は仲間の顔を順繰りに見たが、答えを知る者はいなかった。

「安田くんは……」

唐突に警視正が口を開いた。腕組みしたまま目を開けて、天井あたりを仰ぎ見ている。

「自分に彼女が治せると、なぜ知ったのだね？」

グルリと首を回して怜に訊いた。

「治せると思ったわけではないです。今も治せる自信はないけど、彼女はたった独《ひと》りで闘っているので、せめて時々、できる限りは、そばにいてあげたいなって」

「ふむ」

と、警視正は眉をひそめる。

「その光だが、自在に出し入れできないのかね？」

怜は申し訳なさそうに眉尻を下げて、首をゆっくり左右に振った。

「無理ですよ……自分でも何がどうなってそうなっているのか、さっぱりわかっていないんですから」

「まるで取扱説明書なしの高性能マシンだな」

暗がりで広目が笑う。言い返そうとそちらを見たが、広目は顔を逸《そ》らしてしまった。

「だがもしも妹の病気が治せたならば、赤バッジは感謝することだろうな」

警視正はニヤリと笑う。

「それはないと思います。極意さんは相変わらず口が悪いし態度もデカ……」

「誰の態度がデカいって？」

ゾクゾクするほど甘いテノールが聞こえた。赤バッジが部屋に入ってきたのだ。悪魔に憑かれて強面《こわもて》になったが、声は以前のままなので、どこのイケメンかと思う。彼はツカツカと進んでくると、姿勢を正して警視正に一礼した。

「一時間ほど前、銀座のど真ん中で無差別殺傷事件が起きました」

「そのようだな。先ほど霊界を覗き見ていたら、新しい死者が彷徨《さまよ》っていたよ。死んだとまだ理解できていないようだった。一様に顔が血まみれで面妖《めんよう》だったが……」

「それです」

赤バッジは頷いた。

警視正のデスクの脇に土門が立って、怜らも赤バッジに体を向けた。

「犯人はショボい中年男ですが、執拗《しつよう》に被害者の耳を狙っていました。しかも切り落とした耳を口に含んで嚙《か》んでいた。所轄は銀座警察署で、自分は偶然近くにいただけですが……現場を目にして少し気になることが」

そう言って土門をチラリと見やる。

「怪異がらみだったのですか？」

普通の無差別殺傷事件なら、赤バッジがここへ来ることはない。

神鈴は素早く席に着き、パソコンを立ち上げて、

「銀座のど真ん中って、どのあたり？」

と、赤バッジに訊いた。『忌み地ファイル』を検索するのだ。

怪異に対処するミカヅチ班は全国の禁足地や忌み地のデータを管理している。それらの場所は監視体制が敷かれていて、侵入者の有無や怪異の変化を見張っているのだ。

「数寄屋橋公園の公衆トイレから、ショッピングセンターの前を通って高架下までだな」

「五丁目くらい？　忌み地じゃないわよ」

モニターに地図を呼び出しながら神鈴が言った。

「忌み地ではありませんが、ある種、特殊な土地ではありますねえ」

「そうなんですか？　――」

と、赤バッジが土門に訊いた。警視正と土門は上官なので、彼は二人に敬語を使う。

「――無差別殺傷事件は人の多い場所で起きるので、実はあまり気にしていませんでした。野次馬が多かったのと、耳ばかりを狙ったところが関心を呼ぶのではないかと考え

て、いちおう報告しておこうと思った程度だったんですが」

「特殊な土地って、なんですか？」

怜も訊くと、土門は神鈴の脇に立ち、モニター上の地図を指す。

「あまり知られていませんが、銀座のど真ん中には住所のない土地があるのです。土地に住所がないというのは生き物に名前がないのと同じですから、存在が宙ぶらりんになるというわけですね。産土神《うぶすながみ》の固めの力が及ばない治外法権地帯とでもいいますか」

「ああ……だから怪異が起きても不思議じゃないのか」

頷く怜とは裏腹に、目を丸くして神鈴が訊いた。

「東京なのに住所がないって、あり得るの？」

「銀座周辺を車で移動してみますと、京橋、新橋、数寄屋橋など、橋のつく地名が連続していることに気がつきますね？　それはかつてあたり一帯が水路や川だった名残《なごり》です。京橋川や汐留川《しおどめがわ》、外濠《そとぼり》など、戦後に埋め立てて高速道路を造った場所で、高架下が商業施設や店舗になりました。ところが、埋め立て後に新しく住所を割り振ろうとして、問題が発生したのです。川を埋め立てたので区の境界線がわからなくなってしまったわけですね。赤バッジの言う『銀座のど真ん中』はまさにそこ、銀座の中央区、有楽町の千代田区、新橋の港区と、三区が境界を接していたため、協議を重ねても結論が出ないまま無住所になっている場所なのですよ」

「へー」

と呟く赤バッジに、奥の暗がりから広目が訊《たず》ねた。

「事件に怪異が関係していると思った理由はなんだ？　あまり気にしていないと言いながら怪異を疑う。犯人が耳を狙ったからか？」

「あとは警官に銃口を向けられたときの犯人の様子だ。切羽詰まった状況なのに、瞬きひとつしねえんだ」

「何かに頭を乗っ取られていたと思うのか」

「そうなんだろうよ」

他人事《ひとごと》のように赤バッジは言い、

「野郎の肩に小さくて黒い奇妙なモノが乗っていたしな」

と、頷いた。

「それはなんだ」

と、広目がまた訊く。盲目ではあるが顔は赤バッジに向けている。赤バッジはチラリと牙を見せて笑った。

「俺にはおまえみたいな霊視ができないからな。黒くて小さくて丸っこいモノだということぐらいしかわからなかった。負の感情がブラックホールみたいに渦巻いている感じのヤツだよ」

「なんなの？」

「小物の妖怪《ようかい》かなんかじゃねえのかよ」

「犯人がどっかで拾ってきたってこと？」

「だからそれを俺に訊くなよ。俺は連絡係だぞ？」

「まあ、でもたしかにそれだけでは……正体がなんだかわかりませんねえ」

土門班長も苦笑している。警視正は「コホン」とひとつ咳払《せきばら》いをした。

「小物か大物かは関係ない。この事件で世間が怪異に注目しそうかどうかが重要なのだ。そこはどうかね？」

赤バッジはすぐさま「いいえ」と返事をした。

「一般人が奇妙に思うとすれば、犯人が執拗に被害者の耳を狙ったことくらいでしょう。ただし犯人は周囲を警察官に取り囲まれていて、切り落とした耳を口に含んでいたことなどを野次馬は知らないはずです。猟奇的な部分がクローズアップされることがなければ、現時点での心配は無用かと……」

「そうだろうかね。現場の状況は……神鈴くん？」

と、警視正が言ったので、神鈴は素早くパソコンを操作した。

「緊急ニュース速報が入っているので呼び出します」

部屋の大型モニターに神鈴がニュース映像を映し出すと、ミカヅチ班が呑気《のんき》に昼休みを取っている間に、銀座は大騒ぎになっていた。上空を旋回するヘリコプターが現場の混乱を映している。数寄屋橋公園とその周辺に警察官らの姿があって、被害者の持ち物などが地面に散乱し、血だまりや血痕《けっこん》が映し出される。一帯に規制線が張られて鑑識作業が続いているらしく、画面に『白昼の無差別殺人』とテロップが浮き、『三名死亡・七名重軽傷』と表示があった。画面が変わって現場からリポーターが中継をする。

――本日午前十一時少し前。中央区銀座五丁目にある数寄屋橋公園の公衆トイレで男性が血を流して倒れていると110番通報がありました。

最寄り署から警察官が駆けつけたところ、トイレ前の歩道で別の男性が、近くの商業店舗前の空き地で女性が、それぞれ頭から血を流して倒れているのが見つかりました。

近くに包丁を持った男がいて、さらに次々と通行人に切りつけていたため、銀座警察署の警察官が拳銃を構え、凶器を捨てるよう警告しましたが、犯人が従わずに向かってきたため二発を発砲。うち一発が腹部に当たって現行犯逮捕されました。

えー……犯人ですが、その後、搬送先の病院で死亡が確認されたということです。

警察によりますと、現在のところ三名の方が死亡したほか、重軽傷を負った方々が七名いるということです。被害に遭った方々の身元について、情報はまだありません――

スタジオにカメラが切り替わり、MCを務めるキャスターが訊く。

――犯人の身元や犯行動機はわかっているのでしょうか――

——はい。えー……それですが、こちらでは今も現場検証が続いていまして、犯行動機など詳しい情報は得られていません。騒ぎを目撃した人の話によると、犯人は五十代くらいの痩《や》せ型《がた》の男性で、大声を上げたり暴《あば》れたりする素振りはなく、無言のまま、次々に通行人を襲っていたということです——

画像が替わり、証言者の首から下だけが映し出される。

中年女性とおぼしきその人は、両手を揉みしだきながら震える声で、『何が起きたかよくわからないんです』と、答えた。

——悲鳴が聞こえたのでそちらを見たら、男の人が耳を押さえてうずくまっていたんです。そばに痩せた人がいて、無言で包丁を振り上げて頭に切りつけていました——

——どんな様子だったのでしょうか。犯人は——

——そのときは落ち着いて静かでした。ほんとうに、何も言わずに、普通の顔で——

——普通の顔といいますと？——

——普通の顔です……ホントに普通の……それで腕だけ動かして、だから、一瞬は何が起きているのかわからなくて……——

——周辺の人たちの様子はどうでした？　悲鳴を上げたり、逃げたりは——

——逃げ惑う感じはなかったです。あれ、どうしたんだろう？　という感じ……『何をしているんだ』と怒鳴《どな》った人がいたんですけど、それでも犯人は普通にゆっくり歩いていって、脇から出てきた女の人にまた切りつけて……こんなことが起きるんでしょうか――

怖いです。と、女性は答え、現場のリポーターに画像が替わった。

――えー……犯人ですが、事件直前に近くのショッピングセンターで包丁を買ったことがわかっています。

その後、公衆トイレで若い男性を襲い、外に出てすぐに別の男性を、さらに通りがかりの数人に切りつけながら、高架下で女性を襲ったところで警察官に囲まれました。

銀座署の男性巡査が拳銃を構えて武器を捨てるよう説得しましたが従わず、足下にいた女性をさらに切りつけようとしたため発砲したということでした――

スタジオのキャスターは紙面を見ながらこう言った。

――さきほど銀座警察署の署長が、会見で『現時点では拳銃の使用は適正な職務執行だったと判断している』とコメントを出した模様です。

では、カメラを銀座警察署につなぎます――

「なるほど大騒ぎになってるな」

と、警視正が言った。

「耳についてては報道されていないようですねえ。ま、具体的な発表はもう少し後ですか」

「小さくて丸っこくて黒い妖怪ってなにかしら」

神鈴はすでにパソコンで怪異について調べている。

「そんなのいくらでもありそう。でも特徴的なのは『耳』よね？　耳を狙う怪異って……あったかなあ……黒くて小さくて丸っこい小物の……」

ブツブツと呟きながら、超高速でキーを叩いた。

「地霊が動いて、怪異が起こす事件も酸鼻を極めるものとなってきましたからね。小物妖怪が力を持って凶悪化したとも考えられます。地面の下にわだかまっている負のエネルギーが小物に作用した可能性も」

「うむ。そうかもなあ」

警視正は首をグルリと回して、背後の巨大な扉を見つめた。

ミカヅチ班の部屋には触れてはならない扉があって、それを秘して護ることも使命のひとつだ。鋼鉄の分厚い扉は警視庁本部の敷地《しきち》に眠るものを封じていると伝えられ、表面に異様な赤い模様が浮かぶ。あるときは梵字《ぼんじ》の『サ』を象《かたど》り、またあるときは呪紋《じゅもん》に変わり、グルグルと渦巻いたり不穏な形状に変化したりする。

異能者にしか見えないそれは、今は落書きの鳥居のような姿をしていた。

「耳……耳……あー、でも都内で耳を欲しがる妖怪や怪異のデータは出てこないわよ。っていうか、そもそも耳にまつわる怪異がほとんどないわ……あ、これかしら」

神鈴は前のめりになってモニターを覗き、すぐに、

「違った」

と、ため息を吐いた。

「和歌山の白浜町にも『耳鐘《みみがね》』という話が伝わっているけど、それは、『同年の者が亡くなるときに耳鳴りがする』ってだけの言い伝えだわ。あと、岡山《おかやま》の塞《さい》ノ神は耳の病を治すといわれ、穴の通った石をお礼に供える……って、怖い話でもなんでもないし」

しばらく無言でいた後に、神鈴は「あっ」と声を上げ、

「これかしら」

と呟いた。

「鹿児島にミンドンという妖怪がいます。泣く子の耳を切りに来る」

「被害者は泣いていたわけでもねえし、子供でもないぞ」

「地霊の影響で大人の耳が欲しくなったとかは？　あるんじゃない？」

「事件は銀座のど真ん中で起きたんだ。人の話をちゃんと聞け」

「じゃ、極意さんが自分でファイルを見たら？　耳を欲しがる黒くて小さくて丸っこい妖怪なんて、どこにもないのよ」

興奮してポシェットを鳴らすので、

「まあ落ち着け」

と、広目が言った。苦笑している。

「神鈴くん。鹿児島のそれは、『子供脅し』の『しつけ話』だと思いますよ。元になる話

はあったのかもしれませんが、概《おおむ》ねは『早く寝ないとオバケが来るぞ、いい子にしないと鬼が来るぞ』という言い伝えの部類でしょうねぇ」

「ならお手上げです。人に取り憑いて耳を切らせる怪異は、データベースに載っていませんしん」

「よく調べろよ」

と、赤バッジは眉をひそめた。

「ミカヅチはその道のプロフェッショナルだぞ、なのにデータにないなんて、ありえねぇだろうが」

「ないものはないの。意地悪や手抜きで言ってるんじゃないわ」

神鈴は椅子を後ろへ滑《すべ》らせて、パソコン前の席を赤バッジに譲った。赤バッジは自分で検索し、やがて、

「……ないな——」

と、白旗を揚げた。

「——んじゃ、銀座で起きた『耳切《みみきり》の怪』はなんだったと言うんだ?」

神鈴は両手を広げて首をすくめた。土門が言う。

「ミカヅチのファイルにないとは面妖ですね。実際に人を殺傷しているわけですし」

そして警視正を振り向いた。

「博識の土門くんでも心当たりがないのかね？」

「ありません。人に取り憑いて耳を切らせる妖怪なんて……うーん……やはり……いや……やっぱり心当たりがないですねえ」

「ならば土地にまつわるものか？」

「銀座で住所がないのは川ですし、川にあるのは水ですからね。池や沼のように淀《よど》んでいるならともかく、流れる水に障《さわ》りは溜《た》まりにくいです。時を経《へ》てまで悪さをするほどのナニカが眠っていたとも思えませんが」

土門も首を傾げてしまった。「ううむ」と、警視正も首を回した。

「だが赤バッジは影を見た。それに普通の人間が起こした事件とするならば、耳を集めたというのもおかしな話だ」

「瞬きしないというのもな」

暗がりから広目も言った。

「新手《あらて》の怪異ってことはないかしら」

パソコンの前に戻って神鈴が呟く。いじましくもまだデータをスクロールしている。

「銀座で最近イヤな事件が起きていたとか……ないわねえ」

「その場所で人が死んだとか、事故があったとか」

と、怜も言ったが、神鈴は調べて、

「どっちもナシよ」

と、首を振る。

「犯人がどこかから持ち込んできたということか？——」

広目も言って立ち上がり、警告した。

「——そうならレベル4ではないか。『人に憑いて自在に移動し、しかもパフォーマンスが目立つ怪異』だ。調べてデータベースに載せないと」

ミカヅチが把握するべき怪異は危険度によってレベル1からレベル5のランク付けがされている。

伝承として残っているだけの怪異はレベル1。

封印されている怪異はレベル2。

禁忌に触れなければ発動しない怪異はレベル3。

レベル5がミカヅチ班にある件《くだん》の扉だ。

人に憑いて猟奇的な事件を起こし、しかも手口の異様さから話題になりやすい怪異というのは厄介だ。オカルトマニアの目に触れやすく、扇情的に関心を煽《あお》って人心を乱すからである。一同は誰からともなく立ち上がって警視正の判断を待った。

「ではこうしよう」

警視正も立ち上がり、宙を見上げて言った。

「地霊が動き、怪異が酸鼻を極め始めた今だからこそ、小物とはいえ『移動する』怪異は無視できない」

そして視線を赤バッジに向けた。

「射殺された犯人のことを詳しく調べてくれたまえ。怪異が別の場所から持ち込まれたものか、『住所のない場所』で生まれたものかを知りたい。銀座生まれの怪異であるなら忌み地ファイルに追加して監視体制を整えねばならん」

「承知しました」

と、赤バッジが答える。

「神鈴くん」

「はい」

「きみと安田くんでもう少し『耳』の怪異を調べてくれ。たまたま今回が耳だっただけで、目とか鼻とか口とか、部位のみを狙う怪異があるのかもしれん」

「わかりました」

と、怜も答えた。

「今回、死者の目玉は手に入りそうでしょうかねえ?」

土門が赤バッジに訊ねると、彼は頭を掻《か》きながら、

「うー……銀座警察署の管轄で……特に帳場も立たねえし……」

「死因もはっきりしているので司法解剖にはならないでしょう。眼球を手に入れるのは無理ではないですか」

と、広目も言った。死者の眼球が手に入った場合、広目はそれを水晶の眼球と入れ替えて、死者が死に際に見た光景を霊視することができる。だが今回の場合、犯人は射殺されたことが明白で、死に際に見たのも自分に銃口を向ける警察官の姿にすぎない。

「死者の眼球を借りたとしても、見えるのは普通の光景だけでしょう。赤バッジが見た影が肩ではなく死人の正面にいたならともかく」

眼球に焼き付く画像は断末魔《だんまつま》の一瞬だけなのだ。

「まあ、そうですね」

土門も頷く。そこで怜が挙手をした。

「警視正はさっき、霊界で被害者を見かけたと言ってましたけど、彼らから話を聞くというわけにはいかないんですか？　何があったか」

訊ねると警視正は胸を張り、

「それは時と場合によるな。幽霊同士は人のように会話できると限らんからね。霊界は多層界だから次元が違えば接触できない。私は、この」

と、自分の頭蓋骨が入った巾着《きんちゃく》袋を指し、

「頭蓋骨に地縛しているからきみらと同じ次元に存在できるが、死んだばかりの被害者たちは死んだことすらわかっていないことだろう。今はまだ自分の姿が誰にも見えないことにショックを受けている段階だ。死んだと納得できないうちは幽霊とも霊魂とも呼べない宙ぶらりんだ。冷静に会話などできんよ」

「そういうことですから、それぞれ仕事を始めてください。異能者といえども捜査に回り道はありません。地道にやってこそ捜査です」

さあさあ、散った散った、と言いながら、土門は赤バッジを追い出した。


同日夕刻。

終業時間を過ぎて土門や神鈴や広目が帰り、翌朝まで当番勤務の怜一人が警視正と部署に残って、給湯室でお湯を沸かしていると、再び赤バッジが戻ってきた。警視正に一礼したのかしないのか、彼はズカズカと給湯室まで入ってきて、食器棚から自分のカップを取り出すと、警視正と怜の茶碗《ちゃわん》を載せたお盆に並べて置いた。ヤカンがシュンシュンと沸き立って、緑茶を淹れる準備は整っている。警視正はお茶の香りが好物なので、煮切ったお湯を適温まで冷まし、時間をかけて緑茶を淹れる。

「お疲れ様です。今日は残業になりそうですか?」

英気を養うためにお茶を飲みに来たのだな、と思って訊くと、赤バッジは口元を歪めて笑い、

「被疑者死亡で一件落着だとさ」

と、静かに言った。

「動機や背景を調べるだけなら所轄署の刑事で手は足りる。本庁の出番はねえんだよ」

お湯が十分に沸いたので、怜は火を止めてヤカンを下ろし、濡れフキンに底をつけて適温に冷まし始めた。以前は土門に何度注意されても適温がわからなかったが、最近ではヤカンを振った感覚で察知できるようになってきた。明確に何度で何秒と計らなくても、美味《お》しく淹れたい気持ちがあれば、お茶は美味しくなるのだと思う。

「犯人の素性がわかったから警視正に報告に来た」

赤バッジはそう言いながらも給湯室を出ていかない。

「そっちはどうだ？　耳を欲しがる怪物の見当はついたか？」

「それが……神鈴さんと色々当たってみたんですけど、やっぱり記録にないんです」

「へー」

気のない返事をして赤バッジは警視正の湯飲《ゆの》み茶碗を弄《もてあそ》び、怜ではなく茶碗に言った。

「……光る天使が来るそうだ。真理明のところへ、頻繁に」

怜はお湯を冷ます手を止めた。悪いことはしていないのに耳まで真っ赤になりそうだった。横目で怜を見ると、赤バッジは、

「数値が少しよくなった」

と、また言った。

「え」

「医者も首を傾げるほどだ。心拍数も安定してきて、いい兆候だ」

「ほんとうですか」

と、言ったとき、自分の声がうわずっているような気がした。

赤バッジは顔を上げ、グッと怜に近づいた。

「おまえなんだろ？　『光る天使』の正体は」

どう答えたらいいのだろう。怜は目をしばたたき、赤バッジの視線を受け止めた。改めて真っ向から見ると、顔が怖いし、目も怖い。

「どうなんだ。どんな手を使いやがった」

「どんな手と訊かれても……」

赤バッジは大きなため息を吐く。それでも瞳《ひとみ》の奥に炎が燃える眼差《まなざ》しは、怜に止まったままである。

「辛くて眠れずにいると誰かに名前を呼ばれるそうだ。クルクルパーマで光る天使がそばにいて、額や患部に手を置くと、そこからスウッと痛みが出ていく。そしてようやく眠れると。真理明は粘膜の糜爛が治まって、昨日は水を口から飲んだ。喉《のど》が甘かったとさ」

「ほんとうですか。それはよかった」

自分が満面の笑みを浮かべていることに、怜はまったく気付かなかった。赤バッジは眩《まぶ》しいものを見たかのように目を逸らし、

「……りが……とよ」

と、ボソっと言った。

「え。なんですか？」

「バーカ、二度と言うか」

背中を向けて、

「早く茶を淹れろ」

そして給湯室を出ていった。もしかしてお礼を言われたのかなと考えたとき、まだヤカンを握っていたのに気がついた。

「あっ、わー、冷ましすぎたかも！」

少し長めに茶を抽出し、三つのカップに注いで給湯室を出ていくと、赤バッジは警視正の前に立って昼間の事件の犯人について報告していた。

メンバーが帰ってしまうと、室内はさらに広く感じる。明かりは怜のデスクにだけあってそれ以外は暗く、かたちを変える落書きの扉の静かな波動を感じるほどだ。不穏に空気を震わせて、得体の知れない何かが呼吸している。闇《やみ》が凝《こ》り固《かた》まったような扉の前に制服姿の警視正が座り、今も斬《き》れた首から血を流している。デスクには髑髏《どくろ》を入れた巾着が載

っていて、向き合うように赤バッジが立っている。お茶を運んで行きながら、なんてシュールな光景だろうと怜は思った。

怜の前身は祓い師で、危険な仕事だからと依頼者に高額をふっかけてきたけれど、地縛霊と悪魔憑きが対峙《たいじ》しているような光景を日常的に見ることはなかった。警視正に茶を置いたとき、赤バッジはお盆から勝手に自分の分を取り、一息に飲んで、

「ぬるい」

と、言った。

「お湯の温度を測る大事なときに、横から気を散らすからですよ」

「あれしきで気が散るとか未熟なヤツ」

怜は唇を尖《とが》らせた。

「極意さん。なんか最近、物言いが広目さんに似てきてますよ」

「んなわけあるか」

赤バッジが舌打ちしたとき、

「たしかに気の散った香りではある」

と、警視正も頷いた。それみろ、と赤バッジはドヤ顔を見せ、申《もう》し訳《わけ》ありません、と怜は詫《わ》びた。それでも警視正は茶の香りを吸い込んで、

「通り魔の犯人に前科があったそうだ」

誰にともなく言った。

怜はお盆を手近なデスクに置くと、赤バッジの報告を聞くため隣に立った。細大漏らさず記憶して、明日、仲間たちに伝えなければならない。

「射殺されたのは長らく住所不定だった二階堂武志《にかいどうたけし》という五十八歳の男だった。無人販売所から商品を盗んだり、神社で賽銭《さいせん》泥棒をしたり、寸借詐欺で執行猶予がついたりと、まあ、チンケなコソ泥ってところだな。現在ねぐらにしているアパートは特定非営利法人が借りたもので、野郎はそこの支援を受けながら自立を目指していた。

酒もギャンブルもやらないおとなしいタイプだったそうだが、アパートには、どっかから盗んできたらしき石仏があった。二階堂は三十代のころに一度窃盗で刑務所に入っているが、このときの容疑が、無人の寺や神社から仏像やら道祖神やらを盗んで金に換えた窃盗だ。売りさばき先がちょっとした組織で、芋づる式に検挙されたんだ」

「石仏があったってことは、自立を目指すと言いながら、今も窃盗をやってたんですね」

「人間ってのはそう簡単には変われねえんだよ……野郎のスマホ履歴を調べたら、数日前にも複数の古物商とやりとりしていた。石仏を売りさばこうとしていたんだろう」

「だが買い取りは拒否された……そういうことかね？」

と、警視正も言う。

「わかりませんが、盗んだ本物か、それっぽく見せたレプリカか、プロが見ればわかるんでしょう。レプリカに高値はつきませんが、『これは盗んだホンモノです』と言って売ることもできないし、古物商だってヤバい品には手を出しませんしね。ブローカー組織が摘発されてつながりもバレ、二階堂も以前のようには品物をさばくことができなくなったと思われます。更生を決意したといっても盗癖は病気の場合も多いので。支援団体の助けを借りて自立を目指しながらも、コソ泥はやめられなかったんでしょう」

「一見おとなしく見えても実は殺傷事件を起こしそうな輩だったのかね」

警視正が訊く。

「いいえ。そういうタマではなかったようです。最近は夜間警備の仕事に就いたりと、真面目《まじめ》に働いていたようですし、職場でも突然キレるとか、豹変《ひょうへん》するというような証言は得られていないようでした。東北出身で、几帳面《きちょうめん》でおとなしい性格だったようですが」

「耳についてはどうだ。妙な執着があったとか、住まいにそれらしき形跡があったとか」

「今のところそれもありません。住まいは風呂《ふろ》なしトイレ洗面所共用の四畳半一間ですが、布団、着替え、細々とした日用品とエロ本のほかに怪しい品はなかったようです」

「石仏の裏は取れたのかね」

「いえ、まだです。写真で見る限りは道端《みちばた》に捨ててありそうな、どこがよくて盗んだのかという感じの品でした。盗難届も出ていません。おそらくですが、見ると盗まずにいられない病気なんじゃないのかなと……まあ、非営利団体や交友関係への聞き込みは所轄のほうでやっているので、報告が上がれば神鈴が共有ファイルにアクセスして調書を見ることができるでしょう。本庁の俺が所轄の捜査に首を突っ込んでも煙たがられるだけですし、調書で気になる点を見つけて別途聞き込みに行くほうが、ことは円滑に運ぶと思います。ミカヅチがやるのは事件の捜査ではなく、怪異の捜査と隠蔽ですから――」

ふうむ。と、警視正は頷いた。

「――現行犯だし、被疑者が死んでいることもあり、通り一遍の捜査をして、書類を上げて終了ということになりそうです」

「まあ、そうなるだろうね」

「よって怪異の正体と来歴についてはミカヅチで調べていただくほかありません。もちろん俺にできることがあれば協力しますが」

「それですけど、ぼくと神鈴さんが調べても、埋められた川や淵《ふち》の障りはなさそうでした」

「ふむ」

警視正はまた言って、デスクに肘《ひじ》をついて顎《あご》を支えた。

「土地の障りについては私や土門くんよりも三婆ズ《サンババー》のほうが詳しいかもしれんな。年齢的にも親や祖父母などから昔のことを聞かされているかもしれないし」

「ババアだからな」

と、赤バッジは言って、怜の肩をポンと叩いた。

「この季節なら栗《くり》菓子か……あ、それか新丸ビルの地下に求肥《ぎゅうひ》入りの小豆羊羹《ようかん》を売っている店があるぞ。リウの婆《ばあ》さんが好きそうな……」上品で高級な見た目のやつだ」

「栗は小宮山《こみやま》さんが畑で作っていそうだし、栗菓子より求肥入り羊羹のほうがよかろう。神鈴くんに連絡して、出勤前に買ってきてもらってくれたまえ」

　警視正が怜に言った。

三婆ズは本庁ビルの清掃業者の愛称だ。日中はビルの清掃員をしているが、怪異がらみの事件が起きるとミカヅチ班が特殊清掃を頼む相手でもある。たしかに三人とも婆さんではあるが、ただのバアサンとも言えず、仕事を頼むにはちょっとしたコツがいる。しっかり金は請求してくるが、金だけで動いたりもしないからだ。気が向かなければ誰の頼みでも秒で断る自由人なので、袖《そで》の下に銘菓や銘酒を用意したり、美貌《びぼう》の広目に懇願《こんがん》させてリーダー格のリウさんの心を摑《つか》むなど、常にあれこれ腐心している。

　怜はスマホで羊羹を調べると、データを神鈴に送って使いを頼んだ。

「土地に障りがなかったら、土門班長が羊羹代を出してくれないかもしれないですね」

　スマホから視線を離して言うと、

「そのときは給料から菓子代を引いてもらえ――」

　と、赤バッジは笑った。

「――神鈴のことだから自分で喰《く》う分も買ってくるぞ。賭けてもいい」

「賭けませんよ」

怜は答え、今さら都内で新しい怪異が生まれるなんてことがあり得るだろうかと考えた。それとも、あまりに多くの人々が集い、喜怒哀楽を繰り返していく首都東京では、怪異も新陳代謝するのだろうか。昔の障りと今の障り、昔の人が抱《かか》えた怨《うら》みと現代人の怨みでは、生まれる怪異も違ってくるのか。そもそも怪異はなぜ生まれ、何をしたくて存在するのか。

封印の扉に浮き出る模様は静かにかたちを変えていた。

其の二　買い取りできない

翌早朝。怜はミカヅチ班のシャワー室で夜勤明けの体をリフレッシュしていた。

怪異の後始末を職務とするミカヅチ班は、死亡現場に臨場して異臭や腐敗臭、穢《けが》れや祟りを拾ってくるので、室内にシャワー設備がある。幽霊の警視正以外は全員シャワーを使うため、ブースの棚にはそれぞれ愛用のシャンプーやクリームなどが置かれている。神鈴の棚にはかわいいコスメが並んでいるし、広目の棚にはかたちが違うビンと、真水の入ったボトルが常備されている。ビンのかたちが違うのは手探りで中身を知るためで、メーカー名などは一切ない。土門が使うのはコンビニでも買える汎用品《はんようひん》で、怜はそれらを参考に、自分に合う商品を探している最中だ。天然パーマの怜は手入れをしないと髪が爆発したように広がって、いつも悩ましい思いをする。棚にはほかに塩や酒などの祓物《はらえつもの》が常備され、怪異の現場へ出かけた後は全身を清めてお茶を飲むのが決まりでもある。

熱いシャワーを顔面に浴びて一晩の疲れを流し、さあ出ようとハンドルをひねってお湯を止めると、シャワー室の扉が開いて誰か入ってくる気配がした。何事だろうと思うより早く、上下に隙間がある仕切り板の上からバスタオルが投げ込まれて頭に載った。

「え」

「呑気にシャワー浴びてる場合か。早くしろ!」

怜はタオルから目だけを覗かせて、もう一度「え?」と、言った。

仕切り板が勝手に開けられ、タオルが胸まで引き下げられる。

「聞こえなかったか? 早くしろって言ってんだ」

目の前に赤バッジが仁王立《におうだ》ちになっていた。

「……え」

「服を着てついてこい。警視正から許可は得た。土門班長か広目が来たら出るからな」

そこで赤バッジはやや視線を落とし、「ふ」と鼻で笑って出ていった。

え。なに?

怜は慌てて体を拭くと、大急ぎで服を着た。絡まり合う髪にドライヤーを当てる間もなくて、ゴシゴシとタオルで髪を拭いているとき、赤バッジが何を笑ったか気付いて赤くなり、ムカムカと腹が立ってきた。

「っていうか失礼じゃないですか！　そりゃ極意さんの」

シャワー室を飛び出すと広目がいたので、その先を言えなくなった。

百年に一度この世に生まれる広目天《こうもくてん》は、眼球だけでなく生殖器も持っていないのだ。

「なんだ？　朝から何を騒いでいる」

美しい顔をしかめて広目が訊いた。

「……いえ。なんでもありません」

「だから遅ぇんだよ、犬っころはよ」

椅子に掛けて脚を組み、牙を剝《む》き出《だ》して赤バッジが笑う。

広目は眉間《みけん》に縦皺《たてじわ》を刻み、水晶の目を赤バッジに向けた。

「そもそもなぜ悪魔憑きがここにいる。昨日の騒ぎに続きがあったということか」

「そういうことだ」

赤バッジは立ち上がり、

「銀座警察署で殺人事件だ。未明に刑事が上官を射殺。直後に拳銃自殺した。銃弾が『耳』を貫通だとさ」

広目は無言で息を呑《の》み、デスクで立ち上がった警視正が言う。

「雲行きが怪しくなってきた。関連の所轄でまた『人死に』が起きたとあっては、今回の怪異がレベル4なのは確かなようだ。可及的速やかに正体を突き止めなければならない。警察官が拳銃で仲間を殺害したなど、警察としてもミカヅチとしても放っておけん。安田くん、赤バッジと一緒に行きたまえ」

「俺は強い霊能力がないからな」

わかりましたと答える前に広目の視線が怜に向いて、頼んだぞと言われた気がした。

小物妖怪だと聞いたのに、とてつもなく禍々《まがまが》しい予感がしていた。怜は件の扉を見たが、落書きのような赤い模様は昨晩から変化していない。異能者だけに見えるそれは写真に撮ることもできなくて、怜は毎日ノートに変化を描き写している。

「行くぞ」

と、赤バッジに首根っこを押さえられ、怜は慌てて愛用のリュックを手に取った。そして、言わなければいけないことを早口で告げた。

「広目さん、今朝は神鈴さんが遅くなります。ぼくが昨晩メールして、三婆ズ用のお菓子を買ってきてもらうことになっているから。あと、土門班長はそのことを知らないので
……」

「顚末《てんまつ》は警視正から聞いてくれ」

そう言うと、赤バッジは怜を引きずっていった。ミカヅチ班のドアが開いて閉まり、薄暗くて長い廊下を駆けるようなスピードでズカズカ進む。どん詰まりにあるのは荷物用のエレベーターで、赤バッジは蛇腹になったドアを開け、怜を放り込むとボタンを押した。

ミカヅチ班のオフィスがある地下三階へは普通のエレベーターが来ていない。よって一階から地下三階への移動には荷物用の箱を使用する。剝き出しのビル壁に荷物の落下防止柵《さく》があるだけのエレベーターは暗闇《くらやみ》の中を上下して、そこに悪魔憑きと二人だけ。再び摑まれた腕に人のモノではない爪《つめ》を感じるが、怜はもう怖いと思わなかった。

彼から漂う悪魔の臭《にお》いは日増しに濃くなっているけれど、ぼくに真理明さんを救えたら……神鈴や土門と交わした会話の結末を考えて、怜は思わず眉をひそめた。

もしも彼女を救えても、極意さんが悪魔と交わした契約は無効にできない。彼は妹を救えるなら喜んで自分の体を差し出すと悪魔に言ったわけだから。それは自分の臓器を提供するという意味だったのに、悪魔はドナーの臓器を与え、赤バッジの肉体を悪魔のそれに換えていく。彼女が自死すれば極意さんは地獄の犬に食い殺されて、生き長らえれば極意さん自身が悪魔に変わる。どう転んでも救いはないのだ。

「何を考えてる?」

赤バッジに問われたとき、エレベーターは一階に着いてガタンと揺れた。

そこはフロアの外れで人影はなく、出勤する職員や警察官らの姿は通路の奥だ。怜の答えを待つでもなく、赤バッジは腕を引っ張って裏口へ向かう。IDカードを提示して、二人は通用口から建物を出た。一晩中地下にこもっていた身には、通勤時の喧噪と明るさと、颯の匂いが爽《さわ》やかだった。湿ったままの髪の毛からは、時折水滴が垂れてくる。

赤バッジはようやく怜の腕を放して言った。

「事件が起きたのは午前三時十五分ころ。酔っ払いを連れて戻った交番勤務の警察官を刑事が襲って拳銃を奪い、止めに入った警部に発砲。銃弾は左の耳から右の耳へ貫通して警部は即死。刑事も耳に銃口を突っ込んで自殺した」

「……また耳」

そう言うと、赤バッジはわざわざ振り返って見下ろしてきた。

「二つの事件で銀座署は大騒ぎだ。一報を聞いて俺が気になっているのは、コソ泥二階堂の肩にくっついていやがった影だ」

「黒くて小さくて丸っこい」

「そうだ。ちょっと見にはレベル4とは思えなかった……が、昨晩警視正と話したあとで、さらに調べてみたんだが……」

そう言うと、彼はポケットから小型の手帳を取り出した。刑事ドラマとかで見る捜査手帳というやつだ。

「うわ……ホントに手帳なんですね。スマホのスケジュール帳とかじゃなく」

目を丸くして怜が言うと、

「ふざけてんのか?」

と、赤バッジは唸《うな》った。

「電子器機に大事な情報書き込むわけがねえだろう。ディスプレイ見られたら終わりじゃねえか。その点、手書きの文字は悪筆にしとけば読みにくいしな。刑事の心得その一だ」

眉間に縦皺を刻んで言ったまではよかったが、目を細めて自分が書いた字を確認している。悪筆すぎても弊害があるようだ。

「二階堂が連絡した古物商がわかったから聞き込みに行く。ちなみにこれが、ヤツの部屋にあったという石仏の写真だ」

赤バッジは手帳に挟んだ写真を抜き出して怜に渡した。立ち止まろうともしないので、ついていくのが忙しい。悪魔憑きは障害物をよけやすいかもしれないが、生身の人間は写真を見ながら歩くなんて芸当はできない。思わずつまずきそうになると、

「ったく」

赤バッジは吐き捨てて、怜のリュックをグイと摑んだ。歩道を踏み外したり、人にぶつかったりしないよう、押したり引いたりしてくれる。

写真は代わり映えのない石仏だった。道端に捨ててありそうな、と赤バッジが言っていたとおり、シャベル状の石に地蔵尊を浮き彫りにしたものだ。

「どうだ、何か感じるか?」

「いえまったく」

と、怜は答えた。

「古そうなだけで、禍々しさも何も感じません」

「だよな」

彼はすぐさま写真を取り上げ、スーツのポケットにねじ込んだ。石仏への興味はなくしたらしい。地下道の入口を見つけてそちらへ向かう。

「ひとくちに古物商と言っても様々で、仏像を扱う店はあまり多くない。古物商の営業許可は警視庁が出すからな、データを調べりゃすぐわかるんだよ。二階堂のスマホにあったのは品川にある老舗《しにせ》と、骨董品屋《こっとうひんや》。あと、ひとつだけ毛色の違う店が宝石商だ」

「宝石商って?」

「謎《なぞ》だよな」

赤バッジはニッと笑った。

「アパートに金目のものはひとつもなかったし、石仏以外に野郎が盗んだものといえば、食い物や、せいぜい自転車くらいだ。宝石を買ってやるような相手がいたって話はないし、当然ながら宝石や現金や高価な品を盗み出すようなタマでもなかった」

だから先《ま》ずは宝石商だ、と赤バッジは言って、最寄り駅の改札を抜けた。

その店は繁華街にあって、ケバケバしい黄色で目隠しをしたウインドウに『高価買い取り』の大きな文字を貼り付けていた。隙間《はっ》に『高額査定』とか『業界№1』とかの文言が所狭しと並んださまは、誠実さよりもインパクトを感じる。店舗の前で赤バッジは足を止め、怜を振り返ってこう言った。

「俺が主体で話を聞くから、おまえはなるべく黙ってろ」

「わかりました」

と、答えたものの、店のウインドウに映る自分たちの姿に、怜は不安になってきた。

背が高くガタイのいい赤バッジは革靴にビシッとスーツを着込んでいるが、怜はと言えばスニーカーにゆるい綿パン、上着はだぶだぶのサマーセーターで、しかもリュックを背負っている。二人が並んでいる様は、敏腕刑事と補導された青少年という感じ。これで聞き込みと言われても……赤バッジは「ふん」と鼻を鳴らした。

「もしも妖《あや》しい気配を感じたら、相手から見えないようにして俺に教えろ。上着を引っ張るとか背中を突くとかして」

怜が頷くのを確認すると、赤バッジは上着の裾《すそ》を引っ張ってネクタイを直し、正面入口から堂々と店内へ入っていった。

外観はケバケバしかったが、店内は茶系で統一された高級感ある佇《たたず》まいだった。入ってすぐの場所に『買い取りご相談窓口』と書かれたブースがあって、長いカウンターに半透明の仕切り板がいくつも設置されている。来客は先ずここで、用件を担当者に伝えるようだ。床は無駄に豪華な大理石模様、壁や天井はアイボリー、奥の個室は茶色い間仕切りがされており、クラッシックな革張りチェアが置かれているのが見えた。

「いらっしゃいませ」

と、声がして、カウンターの奥からスーツ姿の男性が出てきた。年の頃は四十前後。物腰の穏《おだ》やかさや、腰のあたりで重ねた手などが、お屋敷《やしき》の執事を思わせる。

赤バッジは片手で上着の前を開け、警察手帳を奥に隠して男性に見せた。

相手は一瞬だけ無表情になったが、すぐにニコリと微笑んで、個室を指した。

「こちらで承ります」

赤バッジと怜を個室に入れるとドアを閉め、ポケットの名刺を差し出してくる。

「店舗マネージャーの土方《ひじかた》です。本日はどのようなご用件で」

相手の名刺を受け取ると、赤バッジは勧められてもいないのに高価そうな革張りチェアに腰を下ろした。もらった名刺をテーブルに置いて脚を組み、捜査手帳を開いて訊ねる。

「おそらくは買い取り依頼の電話だったと思うんですよ。そのことで」

マネージャーの土方は立ったままの怜に椅子を勧めて、自分も向かい側に腰を下ろした。そちらの椅子は革張りではなく、事務用チェアだ。

「……はい」

赤バッジは捜査手帳を見て言った。

「発信履歴は十月の十二日、午前十一時二十三分」

「はあ」

「会話の内容は不明ですが、通話は五分程度だったようです」

「それで、わたくしは何をお答えすればよろしいので？」

マネージャーは首を傾げた。

「知りたいのは通話の内容です」

「通話の内容と言われましても、電話でもＳＮＳでも査定のご依頼は日々たくさんございますので」

机に身を乗り出して、マネージャーは声をひそめた。

「……盗品などの捜査でしょうか？」

「いえ。まだそういうわけでもないんですがね」

赤バッジは思わせぶりにニタリと笑った。

「この男ですが、十二日以降にこちらの店舗に来ていませんか。二階堂という」

そう言って出したのは犯人の写真で、一枚は過去の逮捕時に撮られたもの、もう一枚は両目を閉じた写真であった。怜はそれが死体写真だとわかったが黙っていた。マネージャーは写真を引き寄せ、しげしげと見て、首を傾げた。

「……さあ……ほかのスタッフにも訊いてみますか?」

「そうしてもらえると助かります」

赤バッジは小さく頷き、マネージャーは写真を持って出ていった。

「盗品がらみと思って緊張してやがる」

「でも、ほんとうに知らないみたいですよ」

怜がコソッと囁くと、「まあな」と、彼は長い脚を組み替えた。

マネージャーはすぐに戻って、

「この方は、ご来店なさっていないようです」

そして若い女性スタッフにお茶を運ばせた。

彼女は赤バッジと怜の前にお茶を置くと、お盆を抱えて赤バッジに頭を下げた。

「ルースの買い取り査定をしております花岡《はなおか》です。おそらくですが、二階堂さまのお電話を受けたのは私だと思います」

マネージャーは赤バッジの対面に彼女を座らせ、自分は隣に移動した。

「間違いありませんか」

赤バッジが訊くと、花岡はお盆を膝に置いて頷いた。

「ご本人とはお目にかかっていないので、写真を見てもわかりませんが、声は五十代くらいの感じでしたでしょうか。お話の内容が特殊だったのでデスクにメモを残していました。お電話を受けた時間が十二日の午前十一時二十分ころです」

「二階堂はなんと言ってきましたか」

捜査手帳を開いて赤バッジが訊く。彼女は宙に目を向けた。

「ルビーの買い取り査定をお望みでした。十カラットを超えるお品ということで」

「ルビー？」

赤バッジが言うと、花岡は微妙な顔で微笑んだ。

「本物のルビーかどうかわかりません。ガーネットやルベライトなど赤い宝石はほかにも多くありますし、そもそも十カラットを超えるルビーで色や品質のいいものは、ほとんどないです。それで、現物を見せていただきたいと申し上げました」

「それで？」

「翌十三日の午後にお約束したのですが、二階堂さまはおいでになりませんでした」

赤バッジは頷いて訊く。

「ちなみに、その石について二階堂は何か話していませんでしたか？　どういう謂《いわ》れのものだとか、入手経路とかは」

「さあ……」

と、彼女は小首を傾げた。

「誰かの形見とかなんとか」

「いえ。そういうことはなにも……台座なしの石だけで、縦二十五ミリ、横十ミリ程度の楕円形《だえんけい》で、血のように真っ赤だと」

「もしもそれが本物のルビーなら、ざっと幾らくらいの査定が出るものですか」

「ランクによります。大きくてもクズ石ならば一万円前後というところでしょうか。色がよくてインクルージョンが少ないA級品なら……」

「一千万円以上でしょうね――」

と、マネージャーが言った。

「――もっとも、そのクラスの石になりますと買い手も限定されますし、色々と調べてからのお取引になりますが」

「けれど本人は来なかった……なるほどね」

赤バッジは出された茶を飲み干した。立ち上がろうとしたとき、

「刑事さん。実は……もうひとつ気になることが」

おずおずと花岡が顔を上げたので、赤バッジは上げた腰を再び下ろした。

「偶然かもしれませんけれど、よく似た内容のお電話を、同業者からも受けたんです」

花岡は真っ直《ます》ぐに赤バッジを見て先を続ける。

「十一日の夜八時過ぎのことでした。Aランクを超えるルビーで十カラット以上の品物があれば買い取りするかと、お電話で……」

横から身を乗り出してマネージャーも言った。

「そちらは私が代わって話をしました。相手が品川で長く商売をされている老舗の古物商さんだったので、品物は確かだろうということで、私と彼女が直接お店に伺うことになったのですが、翌十二日に社長さんが急死されて、そのままに」

赤バッジが怜を振り向いた。二階堂のスマホに履歴があった品川の店がそれか。

マネージャーから古物商の名前を聞くと、赤バッジは立ち上がって礼を言い、怜らは店を後にした。


電車で品川に移動するとき、車窓を見ながら美しいテノールで赤バッジは訊いた。

「どう思う？」

どうと問われても、何が何だかさっぱりだ。だから怜は素直に答えた。

「聞き込みって、やっぱ大変なんですね」

「バーカ」

赤バッジは怜を見下ろし、

「なんか感じたかって訊いてるんだよ」

と、睨み付けてくる。

「いえ。今のところはなにも」

「てめえは……ホントに能力あるんだろうな」

呆《あき》れ顔《がお》で言うと、彼は車窓に向かってため息を吐いた。

「……すみません」

「いや。俺が悪かった。そう簡単になんでもわかるわけじゃねえよな」

吊《つ》り革《かわ》を摑んで立ったまま、前後左右に体を揺らす赤バッジには、一瞬だけ人間だったときの表情が見える。怜は彼が人間だったころを知らないが、神鈴の話では本庁の女性陣にけっこうな人気を誇るイケメンだったということだ。それが今では眉毛もなくて、暴力団も道を空けたくなるほど強面だ。顔面の造作だけでなく身に纏《まと》う雰囲気も剣呑《けんのん》だ。それが証拠に、目の前の座席に座る人はスマホから一切顔を上げないし、怜と赤バッジの周りだけは吊り革が空いている。

「真理明とは年が五つ違う」

唐突に赤バッジは言った。

「母親の腹がでかくなったとき、俺は、弟がいいなと思った。一緒にサッカーや仮面ライダーごっこをしたかったからな」

怜は答えず黙っていた。極意さんが率先して自分の話をするなんて。

そう考えると言葉がなかった。

「父親に連れられて病院へ行くと、ガラスの向こうに赤ん坊が寝ていた。信じられないほど小さくて、頭がまだ長細いのや、猿よりしわくちゃな顔をしたのや、赤黒いのが並んでいて、俺は思った……おかしいな。赤ちゃんなのに、ちっともかわいくないぞって」

赤バッジは苦笑した。

「中に一人だけ天使みたいのがいてさ。あの子がいいと俺は思った。それが真理明だ」

とても不思議な気持ちがした。新生児室に並ぶ赤ちゃんなんてテレビでしか見たことがないし、実感もない。でも、こうやって赤バッジの口から話を聞くと、それはあまりにも得がたい幸せな光景に思われた。母親のお腹《なか》が大きくなるのを見守って、新しい家族の誕生を待ちわびて、ようやくその子と対面する。期待と不安と喜びと……五歳だった赤バッジの感動が、静かに胸に迫ってきた。

怜は自分の生い立ちを知らない。生まれた病院も、生んでくれた母親も、父親のことも、何も知らない。一番古い記憶は保護されていたお寺のもので、本堂に鎮座《ちんざ》する黄金の本尊と、天井に降る瓔珞《ようらく》と、お香の匂い、あとは寒々しい畳の感触くらいだ。

赤バッジは怜ではなく窓を眺《なが》めて、小さな声でヒソヒソ話した。

「あとで聞いた話だが、誰でも血縁のある赤ん坊が一番かわいく見えるんだとさ。それで納得。ピーナツみたいな頭の子を見に来た父親がジジババに、『一番かわいいのがうちの子だよ』と言っているのを聞いたんだ。違うよ、一番かわいいのは妹だ……弟じゃなくてガッカリしたことなんて忘れてしまった。三婆ズが言うには、『親ばか』は世の理《ことわり》だとさ。そうでなきゃ子供なんて育てられない……俺は……」

赤バッジは怜を見下ろして静かに訊いた。

「勝手な真似をして真理明を苦しめているだけなのか？」

その目には悲しみと戸惑いが溢《あふ》れていて、怜は胸を衝《つ》かれて息を呑んだ。

赤バッジはふっと笑って、

「バカ正直なヤツ」

と、また目を逸らす。

「実はずっと迷ってる。あいつを生かしたのは俺のエゴか。生かし続けるのもそうか」

怜は吊り革を摑む赤バッジの手をギュッと押さえた。衝動的にしたことで、自分も答えはわからなかった。けれど、でも、エゴだと糾弾できるわけがない。

そして慌てて手を離し、別の吊り革を両手で摑んだ。

「ぼくだって同じことをしたでしょう。誰だって同じことをする。助かると信じたわけだから」

考えて、考えて、言葉を選んだ。

「極意さんは悪くない……つまり、ええと……善意につけ込んで金銭を巻き上げる詐欺に引っかかったようなものだから、騙された人は悪くない」

「詐欺の被害者ってえのはな、あとから家も家族も失ったりするんだよ。家族にしてみりゃ、とんだとばっちりだから、同情よりも怒りが勝つんだ。そういうものだ」

「それでも悪いのは詐欺師です」

「そんなことはわかってる。俺は真理明を苦しめているかと訊いているんだ」

答えはイエスだ。そこを飛ばして怜は言った。

「苦しめているのは極意さんじゃない。それだけは間違いない。立場が逆なら真理明さんだって同じことをしたかもしれない。その場合、極意さんは彼女を恨むんですか？」

電車がトンネルを通過して、鏡になった車窓に赤バッジの顔が映った。

彼は薄く唇を開け、何か考える表情をしていた。隣にいるのは髪の毛が鳥の巣のように絡まり合った青年だ。ウインドウに映ったときよりヒドくなってる。そういえば、ヘアオイルをつけるのを忘れた。

「いや……俺は真理明を恨まない。どんなに苦しくて、終わりが見えない場合でも」

赤バッジは独《ひと》り言《ごと》のように呟いた。

そうですよ。真理明さんは頑張っている。ときに痛みや苦しみで死んでしまいたいときがあっても、お兄さんのために生きている。それは運命を呪う気持ちとは別物です。彼女はむしろ申し訳ないと思っているんだ。極意さんに苦労をかけて、すまないと。

「ぼくは」

と、怜が言ったとき、電車はトンネルを抜けて風を受け、大きく傾いだ。明るい街がまた見えて、店舗や家や学校や、いくつもの景色を行き過ぎていく。

ぼくは、なんと言うつもりだったのか。怜にも答えはわからない。でも絶対に、こんなのは間違っていると心で言った。心底そう感じているのは極意さんのほうだから、口に出すのは違うと思い、けれど同じ思いでいることは知ってほしいと考えた。

独りじゃないです。極意さんは独りじゃない。ぼくがそうはさせないからと。

なにも言えないまま品川駅に着き、電車を降りて、人混《ひとご》みに押し流されるように進んでいった。赤バッジの高い背中を見失うまいと急ぎながらも、怜は彼がただの人間だったときのことを想像していた。優しい兄貴で、お人好しの刑事だったはず。妹に過保護で、時々は煙たがられてしまうみたいな。強面の顔に眉毛をつけて、おぞましい雰囲気を取り去って、髪をもう少し長くして……と、想像しながらクスリと笑った。

でも、それだとやっぱり極意さんじゃない気がする。

考えていたら、赤バッジの背中にぶつかった。恐ろしい形相で怜を見下ろし、

「……楽しそうだな」

と赤バッジは言って怜の首根っこを摑むと、まっしぐらに人混みをすり抜けていった。

商業ビルの一階に店舗を構えるその古物商は、大きなウインドウに赤いラインを貼りつけて、取り扱い品目を銀色の文字で表示していた。ラインの上下に店内が透けて、床に高価な胡蝶蘭《こちょうらん》の鉢が並ぶ様子は、なぜか葬儀場を連想させた。店内の壁が灰色で、美術品を守るため照明は暗く、無数の仏像が並んでいた。赤バッジと一緒に店の前に立ったとき、怜は感覚を研ぎ澄ませてみたけれど、禍々しい気配はまったくなかった。

「行くぞ。俺が訊かない限り、余計なことを話すなよ」

「わかりました」

と、怜は答え、赤バッジがウインドウを開けるのを待った。

「いらっしゃいませ」

ドアが開くとすぐ声をかけてきたのが中年女性で、赤いブラウスに白っぽいスーツを着て、大粒な真珠のネックレスを下げていた。目つきの鋭い強面男と、鳥の巣頭のさえない青年が並んでいるのを目にすると、笑顔の見本のように歯を剝き出してそばへ来た。

「なにかお探しでしょうか。それとも査定に？」

赤バッジは仏頂面で警察手帳を提示した。

「あっ、これは失礼いたしました」

女性は恐縮した素振りを見せたが、視線は真っ向から赤バッジの目を捉《とら》えたままだ。

極意さんは怖いのに、相当気が強いんだな、と怜は思った。

「ちょっと訊きたいことがある」

赤バッジがわざと横柄な感じに言うと、女性はこれ見よがしにニッコリとして、

「こちらへどうぞ」

と、品物がおびただしく並ぶ部屋を奥のほうへと移動した。

たくさん並んだ仏像の間に老齢の男性がひとりいて、手入れ用の布を持ったまま珍客を見送る。トイレの脇にある狭い通路を通った先がパーティションで区切られて、ドアに『事務室』と書かれていた。女性はそのドアを開け、

「狭くて恐縮ですが」

と二人を通した。

古い木箱や掛け軸や、汚い兜《かぶと》、ヤニで汚れた瀬戸物や古道具などが雑多に積まれた部屋である。奥に事務机をひとつ置き、背中に当たる窓辺の棚には宝飾品の類いが積み上がっていた。照明も点《つ》いていないので窓の明かりが影を作って、兜の面頬《めんぼお》が一層不気味だ。時代と埃の匂いがした。

怜らを部屋に入れると、女性は脇を通って奥へ行き、机から名刺を出して持ってきた。赤バッジに渡した一枚には店と本人の名前のほかに、専務取締役《せんむとりしまりやく》と書かれていた。

「十月十一日の夜、日本橋にある宝石商にルビーの件で電話しましたか？」

名刺を眺めて赤バッジが問うと、女性専務はお腹のあたりで手を重ね、すました顔でこう言った。

「それでしたら、電話したのは社長だと思います。生憎《あいにく》、心臓発作で亡くなりましたが」

「心臓発作――」

と、赤バッジは顔を上げた。

「――それはご愁傷様でした」

「ご丁寧にいたみいります……なにかご不審な点がございましたか？」

「いえ。そういうことではありません」

赤バッジは上着の内ポケットに手を入れて、ゴソゴソとかき回すフリをしてから二階堂の写真を出した。死に顔の写真である。差し出すと、

「この男をご存じでしょうか」

首を傾けて彼女に訊いた。

女性は写真を受け取ると、少し離して確認してから赤バッジに返した。

「十一日の昼頃でしたか……仏像の査定に見えたお客様だと思います」

なぜだか怜はゾッとした。赤バッジが問う。

「常連でしょうか」

「そうですね。でも、平素対応していたのは社長ではなく……」

ドアのほうへ首を伸ばして、

「担当の者を呼びますか？」

と訊く。

「お願いします」

歩く隙間もない部屋だ。彼女は机の脇に立ったまま、ドアに向かって大声をあげた。

「佐久間《さくま》さーん、ちょっと事務所へ来てくれない？」

入ってきたのは仏像の埃を払っていた男性で、猫背で痩せていた。覇気がなく、立っているだけでも申し訳ないと恐縮している雰囲気がある。

「たまに仏像を持ってくるお客様のことを訊きたいんですって」

専務がそう言ったので、赤バッジは写真を怜に渡した。怜がそれを男性に渡すと、彼は静かに頷いて、「はあ」と言った。彼がいるのはドアの前で、その前に怜がいて、赤バッジがいて、専務がいる。縦一列に並んでいるのはそれ以外に居場所がないからだ。事務室とは名ばかりで、物置のような空間だった。

「二階堂武志という男性ですが、記憶にありますか？」

怜の頭越しに赤バッジが訊くと、佐久間は写真を怜に返して「はい」と答えた。

「名前は覚えていませんが、年に一度か二度は店に来ていたと思います」

「持ってくるのはガラクタばかりで、ほとんど買い取りしませんでしたよ——」

奥から専務がそう言った。

「──うちは美術品専門ですから」

「二階堂さまが持ち込まれるのは小型の石仏が多かったです。石仏は来歴がはっきりしないと買い取りできないことになっていまして、大抵は事情を話してお引き取り願っていましたが、ガーデンインテリアの引き合いがあったときなどは買い上げたこともありました。引き取り価格は数千円程度ですけど」

「今月の十一日にも来たそうですが、そのとき持ってきたのはどんな石仏でしたか」

アパートに残されていた石仏について佐久間の口から聞こうとすると、

「あのときは石仏ではありませんで──」

と、老人は答えた。

「──仏像と言ってこられましたが、ガラクタでした」

「石仏じゃなかった?」

「はい。二階堂さまは仏像フリークと言いますか、まあ熱心な方ですが、持ってみえる品はほとんど買い取りできないもので、面と向かってお断りするのも次第に心苦しくなりまして……ですので、最近は先に写真を送っていただくようにしています。査定依頼のメールが来たのが、たしか十日の朝でしたかねえ。そのときも、こう言ってはなんですが、写真がガラクタでしたので、どこか余所《よそ》へお持ちになるように言うつもりだったのですが、たまたま社長がそれを見て……」

　続きは専務が引き取った。

「品はともかく額の白毫《びゃくごう》が気になって現物を見たいと言ったんですよ。それで、十一日にこちらの店へ」

「なんだ？　ビャクゴウ？」

　赤バッジが呟いた。発言を求められたわけではなかったが、怜は思わず答えていた。

「仏の額にある丸い突起物のことです。白毫相といって渦巻き状の毛髪ですが、仏像の場合、そこに水晶など貴石をはめ込むことがあるので」

「それがルビーか？」

　誰にともなく赤バッジは言う。

「まあ、送ってこられた写真では、たしかに赤く見えましたけどねえ……私は仏像専門で、石についてはわかりませんで……」

　赤バッジは専務を振り返った。

「宝石でしたか？」

「さあ」

　と、専務は首を傾げる。

「その仏像は今どこに？　ここに置いてありますか」

「いえいえ、結局買い取りしませんで……ですよね、専務」

「そう思います。書類も上がっていませんし」

「それに、こう言ってはなんですが、あれは仏像ではありませんから、額の石は白毫ではないです。強《し》いて言うなら呪物のような『おかしなモノ』です」

「呪物ですか？」

ゾッとしながら怜が訊くと、佐久間は怜を見て言った。

「なんといいますか……不気味で不出来な造形物です。仏像のなんたるかを知らない者が徒に作ったというような……彫り物でもありませんでした。そうですねえ……漆で固めた張り子のような」

「張り子に宝石をはめこんだのか？」

赤バッジが呟くと、佐久間はさらに申し訳なさそうな顔をした。

「写真でそう見えたというだけで、本当に張り子かわかりません。現物を見たのは社長だけですが、写真で見た限り、ああいう造形物は初めてで……あ、そうか」

佐久間は思い立ったようにポケットからスマホを出した。

「ＬＩＮＥで送っていただいたものが……どこかに……えーっと……」

モタモタした手つきでデータを探している。

「専務もそれを見ましたか？」

赤バッジが訊くと、専務は首をすくめて頭を振った。

「ご来店されてすぐ、社長と応接に入ってしまいましたから……お茶をお持ちしたときもチラリと目にした程度です。ただ……あとで社長が興奮していたのは確かです」

「興奮？　やはり宝石だったのか……それで電話をしたんだな」

赤バッジは呟いて、さらに訊ねた。

「ちなみに社長さんですが、病院でお亡くなりに？」

「いえ、違います。店で死んでいたんです。ちょうど」

と、専務は怜の足下を指す。

「そのあたりに倒れて耳から血を流していたので……驚いてすぐに警察を呼んだのですが、店には侵入された形跡も争ったような跡もなく、結果的に心不全でした」

死ねば誰でも心不全だぞ、と、赤バッジは吐き捨てて、また訊いた。

「耳から出血していたんですか？」

「はい。てっきり殺人だと思って怖かったです……でも、耳かきなどで外耳道を傷つけた場合もけっこう出血するそうでした。衝撃で鼓膜が破れたりしても」

「衝撃に心当たりは？」

「ありません」

赤バッジは怜と視線を合わせた。

「あ……ありました。この写真ですねえ」

佐久間がのんびりした調子で言って、スマホを怜に差し出してくる。

受け取った瞬間に赤バッジがひったくり、眉をひそめて、

「薄気味悪いな、たしかに」

と呟いた。同意されて嬉《うれ》しかったのか、怜の肩越しに首を伸ばして佐久間が訴えた。

「そうですよねえ。私もそんなものを見るのは初めてで……電話で仏像と聞いておったのですが、どちらかといえば恵比寿像《えびすぞう》のようなものだと思います。下手な彫りで耳もないですし、手足もよくわかりません。当然値段はつかないですよ。ただ、石がねえ……像が真っ黒なせいもありますが、額の石だけ妙に赤くて、社長がルビーじゃないかと言い出しましてね……もしもそれがルビーなら……どのくらいの価値があるのでしょうか」

真っ黒で手も足も耳もない恵比寿像だって？

怜は赤バッジが手にしたスマホを覗き、瞬間、雷に打たれたようにのけぞった。

画面に浮かんだそれはお世辞にも恵比寿像には見えなかった。真っ黒でテラテラとした艶《つや》のある物体は、徒にこねた泥団子をピーナツのようにくっつけて、歪《いびつ》な手足を形成したような造形だ。着衣とおぼしき細工もなくて、恵比寿像というわりにめでたさの作為は微《み》塵《じん》もない。顔がかろうじて顔に思われるのは、皺が目や口に見えるからであり、どこもかしこもぬっぺりしている。額に血のような宝石が押し込まれ、そこだけ異彩を放ってい

た。

恵比寿……恵比寿……と、怜は思う。

恵比寿は福耳に太鼓腹、狩衣《かりぎぬ》を着て釣り竿《つざお》を持ち、見事な鯛《たい》を抱く七福神の一柱だが、『エビス』ほど来歴が様々に憶測される神もない。エビスは『寄り神』で、海の向こうから流れ着く正体不明の漂着物『いさな』が魚を呼んで福をもたらすことから漁業神の信仰が生まれたと聞く。古事記によれば、国生みの際に手順を誤った伊邪那岐《イザナギ》・伊邪那美《イザナミ》が『良くあらず』と葦舟《あしぶね》に乗せて流してしまった水蛭子《ヒルコ》だという説もある。

写真を目にした怜が連想したのは、恵比寿ではなく水蛭子であった。

「……極意さん」

これは小物の妖怪なんかじゃない。とても直視していられない。画面から禍々しさがあふれ出し、足下に落ちて広がっていくかのようだ。

怜は後退してスマホから離れ、さらに画面から顔を背けた。

「データ消したほうがいいです。すぐに」

こっそり囁くと、赤バッジは佐久間の許可も得ずに画像を削除して言った。

「あ、すみません。手元が狂ってデータを消してしまいました」

佐久間は相変わらずのんびりと、

「別にかまいませんよ」

と答えてニコニコしている。

赤バッジはスマホの画面をズボンで拭いて怜に渡し、怜はそれを佐久間に返した。

「二階堂がそれを持ってきたとき、対応したのはあなたではなく社長さんだった、と」

捜査手帳にメモをしながら赤バッジが言うと、

「はあ、そうです」

と、佐久間は頷いた。

「私は話しませんでした。たとえ石が貴重でも、一度買い取りできないと断ったものを、また買うなどというのは問題ですから、担当も替わったほうがいいのです」

二階堂が来たのが十一日。同日夜に社長は宝石商へ電話している。石の価値を確かめて、買い取り交渉の参考にするためだろう。翌十二日には二階堂自身が同じ宝石商へ電話してきたということだから……怜が考えをまとめていると、赤バッジが、

「そのブツですが、今はどこにあるんです？」

ズバリと訊いた。カマをかけたつもりかもしれないが、憮然《ぶぜん》として専務は言った。

「だから、結局、うちでは買い取りしなかったんですよ」

「それは間違いないですか？」

赤バッジは専務ではなく佐久間に訊いた。縦一列に並んでいるので、あっちを向いたりこっちを見たりと忙しい。佐久間は目をしょぼしょぼさせながら、

「二階堂さんがお帰りになるとき抱えていたので間違いないです」

と答えた。

「いらしたときは紙袋に入れてぶら下げていましたが、お帰りのときは大事そうに胸に抱えてましたから、社長から石の話を聞いたのかもしれないですね」

「ルビーじゃないかというような？」

「はあ。外して石だけ売ったほうがお金になると思ったかどうか……土台が不気味すぎますし、石だけなら、石の価値ですからねぇ」

不気味すぎる像の映像が怜の脳裏を離れない。石があろうとなかろうと、あれはこの世にあってはならないものだ。間違いない。事件を起こしているのはアレだ。正体が何かはわからないけど。

数秒程度沈黙してから、赤バッジはやおら手帳を閉じて、

「どうも……貴重なお時間を頂戴《ちょうだい》しました」

至極丁寧に頭を下げた。それから再び専務に目を向け、

「恐縮ですが、こちらでは二階堂氏の住所など記録しておられるでしょうか」

と、訊く。専務はデスクに戻ってから、古いタイプのパソコンを見て言った。

「残念ですが、二階堂さまのご住所は空欄になっていますね。あるのは電話番号だけで」

「番号を伺っても？」

知っているはずなのに、赤バッジは電話番号を聞いてメモをした。

「ちなみに、名前は二階堂武志でしょうか。武士の『武』にこころざしの『志』で?」

「そうですね。年齢は五十六ですが、データは二年前に頂いたものです。職業欄が『学者』とあります。お勤め先は空欄です」

「なるほど」

と、甘い声で答えると、踵《きびす》を返《かえ》して怜を追い立てた。

倉庫のような部屋を出て、トイレの脇の通路を通り、葬儀場よろしく高価な花鉢が並ぶ店を出るときも、佐久間と専務がくっついてきて自動ドアの前から見送ってくれた。

店を出て街を歩き始めたとき、前を向いたまま赤バッジが言った。

「親切丁寧で見送ってくれたわけじゃないからな」

「そうなんですか?」

振り向かずに訊くと、彼は前を向いたまま、

「あったりまえだ、バーカ」

と言った。

「仏像が盗品じゃねえかとか、ヤバい連中と付き合いがあるんじゃねえかとか、痛くもねえ腹を探られるのがイヤだから、くっついてきて俺たちを追い帰したんだよ。ま、見たところそういう店ではなかったらしい。おまえも写真以外に無反応だったしな」

そこで突然言葉を切って、

「障りは匂いでわかるってか？　……考えてみれば便利だな。つか、犬っころ」

怜の肩を抱いて、「ぎゃはは」と笑った。見た目の怖さと裏腹の、バカっぽい笑い声はけっこう好きだ。その手をグッと自分に引き寄せ、今度は低い声で言う。

「さっき消した画像だが……アレは、アレだった」

「え？」

思わず見上げると、三白眼で赤バッジは囁いた。

「二階堂の肩に貼りついていたのがアレだ。黒くて小さくて丸っこい影……不覚にもゾッとした。形状がわからないから影に見えたが、アレで全身だったってことだ。手も足も短くて耳もなく、どこが頭か尻《しり》なのか……アレが肩に張り付いて、ずっと耳に囁いていた」

様子が想像できるから余計に、怜は背筋が凍《こお》る気がした。

「考えてみれば、野郎が射殺されたとき、何かがコロンと落ちたような気もするんだよ。あのときは深く考えなかったが、まさか……まさかな」

「それがアレなら、今どこに？」

赤バッジは足を早めた。

「所轄署かもな……現場に落ちていれば証拠品として署に持っていったはずだ」

そして第二の事件が起きたというわけか。

赤バッジはもはや人混みを駆けるように進んで行く。
その背中を、怜は懸命に追いかけた。

其の三　彼岸の呪物コレクター

銀座で起きた無差別殺傷事件と、銀座警察署で起きた警察官発砲事件。二つの出来事に奇妙な像が関係している疑いが出たため、赤バッジは銀座警察署へ行くと言い出した。ミカヅチ班の職務内容は極秘であるため、怜は途中で彼と別れて、本庁のミカヅチ班へ向かった。時刻はすでに午後三時過ぎ。夜勤明けに連れ回された怜は、法務省赤れんが棟の前から赤白の特徴的な電波塔を目にしたとたん、一度も食事をしていなかったことに気がついた。刑事との聞き込みは思いがけずスリリングで脳みそがグルグル回転し、空腹を感じるヒマもなかったが、品川の古物商でアレの写真を見てしまったら、悪いものを食べたかのように胃液がせり上がってくる感じもあった。

夜勤明けなので班に戻る必要もないのだが、聞き込みをするうちに瘴気《しょうき》を纏った気がして祓物の力を借りたくなった。迂闊《うかつ》に祓い師をやっていたころは勝手な解釈で身に纏った穢れを落としていたが、ホンモノばかりのミカヅチ班で働き始めてからはすべてにおいて慎重になったとも言える。以前は怪異の上辺だけ見て恐ろしいと感じたが、裏側を覗くようになった今では恐怖を超える興味と矜持《きょうじ》が芽生《めば》えてもいた。

IDをかざして建物に入り、荷物用エレベーターで地下三階へと向かう。優しさの欠片《かけら》もない衝動と共にエレベーターが止まったとき、怜は、薄暗くて長い廊下のどん詰まりで、班の扉が自分を待ってくれていたような気がした。

ミカヅチ班は封印されたリーサルウェポンの番人だと広目は言う。警視正の背後にある鉄の扉が開いたときは終わりなんだと。世界で一番危険な場所よ、と神鈴も言った。それなのに、怜はどんな場所よりミカヅチ班のオフィスが好きだ。おぞましいモノに触れたり、恐ろしい目に遭ったときほど帰りたくなる。

疲れた体で廊下を進み、入口に備え付けられた器機にIDとパスワードを打ち込んだ。

そしてドアが開いたとき、入口近くに置かれた会議用のテーブルで、三人の婆さんとメンバーたちが和気藹々《わきあいあい》とお茶を飲んでいる光景が目に飛び込んできた。食べ物の匂いに混じって、ツンと薬の匂いもする。三婆ズでは腰痛持ちの千《せん》さんが、湿布を貼っているのだろう。

「おやおや。安田くんじゃないですか」

と、土門が言った。

すでに忘れかけていたけれど、テーブルに羊羹の包みがあって、分厚く切ったそれが各自の前に置かれている。羊羹代は無事経費扱いになったようだった。デスクに陣取る警視正の前にも、羊羹とお茶が置かれている。

「極意さんは銀座署へ行きました。ぼくはこっちへ報告に」

そして今さらのように警視正を見て、

「ただいま戻りました」

と、一礼した。

「ご苦労。遅いお茶の時間に間に合ったな」

警視正はニヤリと笑った。

事態は結構深刻で、羊羹どころじゃなくなったようにも思う。けれど怜は、律儀に食べ物を取り分けておいてくれる班の環境が嫌いじゃなかった。

「夜勤明けなんだから直帰でよかったのに」

神鈴は呑気に笑っている。赤バッジの推測通りに自分たちの食べる分も買ってきたのだ。テーブルの向かいに三婆ズがいて、

「ほれ、怜くん。茄子《なす》の粕漬《かすづ》け、持ってきてるよ」

漬物名人の小宮山さんがタッパー入りの漬物を指した。

蓋を開けっぱなしにした容器には、鼈甲色《べっこういろ》に透き通った茄子が薄く切って入れられている。蓋に楊枝《ようじ》がいくつも置かれ、仲間たちが羊羹の皿に取り分けて食べていた。室内には湿布の匂いと、甘く芳醇《ほうじゅん》な酒粕の香りが漂っている。

「おれらもちょうど掃除仕事が終わったとこでさ。茄子の粕漬けは、ホントは守衛《しゅえい》さんに持ってってやろうと思ったんだけど、神鈴ちゃんが呼びに来たからこっちで開けた。ま、守衛さんはまた今度だな」

楊枝に刺して差し出したので、思わず受け取りそうになる。

それを神鈴が横取りし、

「ダメよ。手を洗ってからじゃなきゃ」

と、自分の口に放り込んだ。

「んんーっ、美味しい！　ただの茄子がこうなるなんて、魔法みたいね」

「夏に採れた水茄子を塩漬けにしとくんだ。夏野菜はどんどん生《な》るだろ？　で、秋になったら奈良漬けの抜き粕に漬けて塩気を抜くんだ」

「ヌキカスってなあに？」

神鈴が訊くと、千さんが脇から言った。

「奈良漬けを作るとき、瓜《うり》を酒粕に漬けるよね？　で、瓜を食べたら粕だけ残るでしょ、もったいないからその粕にキュウリや茄子を漬けるんだよ」

「魚を漬けてもいいけどさ、茄子が一番うめえな。酸《す》っぱくなりかけがいいんだけども、漬けたばかりだからまだ酸っぱくねえな、酸っぺえのは来年にならんじゃ」

さっきまで胃がムカムカしていたのに、一気にお腹が空いてきた。

三婆ズは三人組の清掃業者だが、リーダー格のリウさんだけは二人と並ばず広目の隣に座っている。輝く白髪にパーマを当てて、ピンクの口紅を塗ったオシャレな感じで、でも、一番の年長者なのだ。

「よくないものに関《かか》わってきたな」

しなだれかかるリウさんに耐えながら、眉間にくっきり縦皺を刻んで広目が言った。

「わかりますか？」

「当然だ。早くケガレを祓ってこい。神鈴はお茶を淹れてやれ」

「それまでこっちへ来ちゃダメよ」

神鈴は立ち上がって急須《きゅうす》を手に取り、千さんが箱を開けて羊羹を出した。土門が皿を用意して、千さんが羊羹を切り分ける。その場にいなかった自分の分を、みんなが準備してくれる。それが怜は嬉しくてならない。無駄に霊能力があったため、ずっとのけ者にされたり、気味悪がられたり、無視されたりしてきたからだ。急いで洗面所へ向かい、穢れを祓ってテーブルに戻った。

「いただきます」

と、頭を下げてお茶を飲み、二杯目のお茶で羊羹と茄子の粕漬けを食べた。

小豆と求肥の上品な甘さと粕漬けの鮮烈な甘さは似て非なるものだが、空っぽの胃袋にはどちらも美味しい。泣けるほど美味しい。

「それで安田くん。赤バッジと行って、どうだったかね？」

幸せに食べていると警視正が訊いた。

怜は手の甲で唇を拭《ぬぐ》うと、席を立って警視正の前まで報告に行った。

「はい。呪物のような黒い何かが関係しているかもしれません」

銀座の土地の障りについて聞くために三婆ズを呼んで『貢ぎ物』を準備したのだ。怜はチラリと土門を見たが、マイペースに小宮山さんの漬物を食べている。俯《うつむ》く土門の首のあたりに、ペタリと湿布が貼られていた。

「怜くんと赤バッジが一緒に聞き込み？　そりゃたまげたな——」

と、小宮山さんが振り返る。

「——おれらを呼んだのもそのためかい？　なんか事件があったっけな」

「ご存じとは思いますが、昨日、銀座で無差別殺傷事件が起きました。それがちょうど三区にまたがる住所のないあたりだったので、もしや土地の障りに関係があるのではと思ったわけです。未明に銀座署で拳銃発砲事件も起きまして、死者を二人も出しております」

「知ってるよ。おれたちも、今日は掃除を早く終わらせてくれって言われたからな」

「掃除は毎日してるから、汚す人さえいなければ時間はそんなにかからないんだよ」

「警察官が警察官を、しかも拳銃で撃っちゃダメよねぇ。昨日から銀座署のニュースばっかりやっているわよ。それが住所のない土地のせいだと言いたいわけね？」

「いや、まだなにひとつ事情はわかっていないのだよ。それで安田くんを赤バッジと一緒にやったんだがね、安田くんは『視《み》える』から……一方土地の障りについては、年齢的にも三婆ズならば、事情を知っているのではと思ってね」

警視正が水を向けると、失礼ねえという顔でリウさんは唇を尖らせた。

「住所がないって、あれでしょう？　高速道路を通すのに川を埋め立てたからでしょう？　それって明治の話じゃないの。いくらなんでもわたくしたちは生まれていないわ」

「ババアとバケモノは違うんだよ、なあ」

「なに言ってるの、小宮山さん。わたくしはババアではなくて乙女よ。ね、広目ちゃん」

広目が返事をしないので、小宮山さんは「がはは」と笑った。三人とも『袖の下』を食べ終えて、そろそろ席を立とうかという雰囲気だ。

「それですけど、たぶん土地とは無関係だと思います」

いよいよ羊羹代の収支が怪しくなってきた。

「おや。それはどういう？」

俯いていた土門が目を上げる。丸メガネの奥で視線がチラリと羊羹に向いたが、神鈴が知らん顔でお茶を飲んでいるのを見ると、買い物代の精算は済んでしまったようである。

今朝早くからさっきまでにあったことを、怜は主観を挟まず報告した。コソ泥の二階堂が宝石商に電話してルビーの査定を依頼したこと、その宝石商には同様の依頼がもう一件あって、依頼主の古物商社長が耳から血を流して変死したこと。二階堂と死んだ古物商にはつながりがあって、二階堂が石付きの不気味な物体を所持していたということも。

「つまりはなにか？　時価一千万円相当のルビーは、その『物体』にはめ込まれていたというわけかね」

「一千万円のルビーですって……素敵だわぁ、見てみたいわぁ」

と、リウさんは目を輝かせている。

「血のような石ですよ？　しかも呪物にくっついてるヤツで、本当にルビーかもわからないのに」

「でも古物商の社長さんは目利きなんでしょ？　本物だった可能性は高いじゃないの」

神鈴がリウさんの肩を持つと、

「そうだとしても呪物だぞ？　迂闊に欲を出すべきではない」

広目がピシャリと言い捨てた。

「ルビーはどこへ行ったのかしら」

「それが呪物で、二階堂氏に取り憑いて、射殺されたとき落ちたとすれば、まだ銀座署にあるはずだと極意さんが……それで確かめに行ってます」

「警察官の発砲事件もそのせいか」

警視正が言ったとき、背後で扉がグニャリと動いた、ように見えた。一同はハッと息を呑み、広目の髪がわずかに逆立《さかだ》ち、広目以外の全員は半立ちになって扉に視線を向けた。

赤い模様が不穏なかたちに変わっただけでなく、一瞬だが瘴気のようなものが噴《ふ》き出《だ》してきたように思われた。

「……なに？」

と、神鈴は呟き、警戒の虫を採取するのも忘れている。土門は腰を落として身構えているし、警視正は首を真後ろに回している。怜も扉から目が離せずにいた。

しかし、待つこと数秒……そのまま何も起きることなく、扉は再び静かになった。

「予震みたいだったわねえ？　……思わせぶりに動いたりして——」

最初に息を吐いたのはリウさんだった。

「——もう、ほんとにイヤだわぁ……乙女を驚かせるなんて……」

「いくらババアでも心臓に悪いな」

「そうだよね。あたしも寿命が縮んだ気がする」

そう言うと千さんは席を立ち、そそくさとお茶の道具を片付け始めた。

「土門さん。用がないならあたしらは帰るよ。どうせそのうち本庁にもテレビが来るんだろうし、うっかりカメラに映ったら、髪の毛だけであたしだってバレちゃうし」

千さんは生まれつき髪がチリチリで、それをドレッドヘアにしているが、ボリュームがありすぎて三角巾《さんかくきん》を押し上げてしまうのだ。

「そらそうだ。うっかりテレビに映ってさ、ますます人気が出てもいけねえからな」

「そうよねえ。帰りましょ、帰りましょ」

テーブルに散らかっていた羊羹の包み紙もあっという間に回収されて、三婆ズはお掃除カートを転がしながら、逃げるように部屋を出ていった。

あとにはミカヅチ班だけが残ったが、件の扉は何事もなかったかのように鎮まっている。仲間たちはまだ扉を見ていたが、大事になりそうにないとようやく思えてきたころに土門が言った。

「これも地霊の仕業でしょうかね」

地霊とは、土地に棲《す》まう神や精霊、ときに怨霊《おんりょう》などを指す。警視庁本部が建つ場所は地下に凄《すさ》まじいそれが眠るとされて、庁舎で梵字を象ることで封印している。その噴き出し口がミカヅチ班にある扉だが、最近は動きが活発になり、赤い文様が不穏に変化することもあるのだ。今ほどは瘴気を吐き出して瞬間的に空気が凍り、空間すらも歪んで感じた。ミカヅチメンバーは慣れているものの、恐れ知らずの三婆ズが逃げ出すなんて、そっちのほうがずっと不穏だと怜は思った。

「銀座署管内で起きた騒ぎだがね」

首を真後ろに向けたまま、警視正が静かに言った。

そのままグルリと正面を向き、真面目な顔で怜らを見る。

「久々のレベル4を地霊が引き起こしているなら厄介なことだ」

怜は神鈴と顔を見合わせた。そばに広目も座っているが、目を閉じたままなので視線を交わす術《すべ》がない。

「呪物じゃなくて地霊ってこと？　地霊が呪物に姿を変えた？」

神鈴が訊くと、土門が答えた。

「呪物は呪物、地霊は地霊です。そうではなくて、地霊が騒ぎ始めてしまったために、封印されていたモノどもが次々に動き出そうとしているのではないかという意味ですよ。そうですね？　警視正」

警視正は頷いた。

「銀座署で起きた事件は呪物のせいだったと仮定する。ところがミカヅチのファイルには記載がなかった。そうであるなら、少なくとも忌み地のデータが集計される以前のナニカが動き始めたということかもしれん。怪異のデータ化に取り組んだのは庁舎が建て替えられた四十年以上前。その時点で報告書になかった怪異は含まれていないわけだからな」

「江戸期までの怪異で文献に残されていたものは網羅《もうら》しているはずなのですがねえ」

「もしや地方の怪異では？」

と、広目が言った。

「都心と違って地方では、伝承の聞き取りや収集などは行われ難《にく》いはず」

「確かにそうかもしれないわ。伝承として記録にあれば別だけど、柳田國男《くにお》が遠野物語をまとめたのが百年以上前。彼のように記録する人がいてくれればいいけれど、伝承は口伝で、土地に人がいなくなってしまえば残らないとも言えるから」

「学者が調査しなかった土地がほとんどだからな」

「そう言えば……」

怜は広目を見て言った。

「二階堂武志も東北の出身ですよ」

「彼は五十八歳でしたねえ」

と、土門は言って警視正を見た。

「出身地を調べられるのではないですか？　もう少し具体的な情報があれば」

「そうだな。私が調べようにも二階堂は死んだばかりであの世にいない。当人から話を聞くにも最短で四十九日はかかるだろう。さらに言うなら呪物に操られて人を殺した場合でも、殺人者が普通の霊魂になれるかどうかはわからない。罪の場所に縛られて、悪霊になるかもしれんしな」

「それだと忌み地がまた増えちゃうわ」

神鈴はようやくポシェットの蓋をパチンと鳴らした。

「データになく、言い伝えすらもわからないレベル4の怪異……難題だな」

目を閉じて腕組みしたまま広目は言うと、やがて薄く目を開けて、ジロリと怜の顔を睨んだ。盲目なのになぜ自分の居る場所がわかるのか、怜はいつも不思議に思う。

「ぼくは画像データを見ましたが、あまりにも禍々しいので極意さんに削除してもらいました。あれはただの呪物じゃないです。早く正体を突き止めて封印しないと、まだ犠牲者が増えると思う。そして『耳』のことが公になって世間の耳目を集めてしまう。これについてはミカヅチで調べるほかありません」

「それは赤バッジの受け売りか?」

と、広目が訊いた。うーん……と、怜は首を傾げて、

「そうかも」

と、曖昧《あいまい》すぎる返答をした。広目は「フッ」と鼻で嗤《わら》った。

「きみは悪魔憑きには忠実なんだな」

そんなつもりはないですと言い返すより早くドアが開き、当の赤バッジが大きな段ボール箱を抱えて戻ってきた。

「ん? なんだ? この部屋は……湿布臭えな」

開口一番文句を言って、まだ湯飲み茶碗が載っている会議用テーブルに大きな箱をドンと置く。

「ぎっくり腰か? 誰だ?」

眉をひそめて周囲を見ると、土門が挙手した。

「サロンプスなら私です。このところ全身筋肉痛なのですよ」

「そうでしたか。どうされました?」

急に敬語になって訊く。そういえばお茶のとき、首の湿布が見えた気がする。

土門は小指で頭を掻きながら苦笑交じりにこう言った。

「実はですね。この週末に奈良で陰陽師の集会があるのです。全国の陰陽師が一堂に会する勉強会で、私も『術』を披露するものですから、その練習に余念がなく」

「それで筋肉痛になったんですね」

怜が言うと、土門は情けない顔をして、

「時間がある限り練習してますからねえ。若いころならいざ知らず、『術』は全身運動で、なかなかに気力体力を消耗しますから」

怜が土門の『術』を目にしたのは一度きりだが、流麗ながらも過酷な動きで、かなりの筋肉を使っていた。それだけでなく、『気』を操る集中力も必要だ。現場で術を使うとき、陰陽師は特殊な繊維で織り上げられた純白の狩衣に身を包む。いつもはさえない風貌《ふうぼう》で、メガネをかけたお地蔵さんのように見える土門も、それを纏って術を使えば白き天帝さながらだ。並み居る同胞の前で術を披露するにはプレッシャーも半端《はんぱ》ないことだろう。

「残念なことに、最近は陰陽道《おんみょうどう》を極めた者の年齢が上がってきまして。年長の陰陽師はど百歳《ももとせ》に手が届く年齢で、後継者不足が深刻です。袱えの装束も糸から作る職人は数えるほどになってしまって、この先どうしたらいいのやら」

「問題が山積みで、班長はお疲れね」

同情を込めて神鈴は呟き、ポシェットを開けた。

「英気の虫を分けてあげます。毎日練習しているわけだから、英気の虫を英気で養って、虫がさらに繁殖しそうでメリットあるし」

ポシェットから一筋の白い煙が湧《わ》き上《あ》がり、宙を移動して土門を目指した。丸い頭のてっぺんにふわふわとある髪にまつわりついたと思ったら、ノイズのように震えて消えた。

「おお……筋肉痛はともかく、負けられない気がしてきましたよ」

土門が明るい顔になって言うと、

「よかった。増えたら返してくださいね」

神鈴は湯飲み茶碗を片付けながら、段ボール箱を見て訊いた。

「極意さん。何を持ってきたの？」

ああ、これか？　と、赤バッジは言って、

「所轄の倉庫に眠ってた調書だ」

箱の中から数冊のファイルを抜き出した。ずいぶん古そうなものだった。

「これが亀有《かめあり》、こっちが小松川、深川、大森、五日市、町田に東村山……」

テーブルに次々と積み上げていく。

「いったいなによ」

「二階堂武志のコソ泥犯罪遍歴だ。薄気味悪い呪物がどこから来たのか調べたい」

「え、これ全部?」

神鈴は悲鳴を上げて怜を見た。

土門は勉強会の準備で忙しいようだし、広目は調書を読むことができない。警視正は言うに及ばず。となると、一緒に書類を調べられるのは怜だけだ。箱にはまだファイルが入っている。盗み自体はチンケでも、二階堂は筋金入りの盗癖者だったらしい。

「所轄署を回って集めたんですか、ていうか極意さんは銀座署に行ったんじゃ?」

訊いたが赤バッジは素知らぬ顔だ。

「ちょっと想像はしていたが、銀座署はとんでもねえ騒ぎでよ、取り付く島もなかったんだよ。保管室へ行ってみようとも思ったんだが、マスコミが詰めかけてピリピリしてるところで目立ちすぎてもアレだしな、真面目そうな警察官をつかまえて、黒くて赤い石がくっついた妙なモノが保管されていないか調べてくれと頼んできたから、追って連絡が入るだろう」

「で? この調書の山はどうしたのよ」

箱の中身を積み上げながら神鈴が訊くと、

「おおかた悪魔を発動して集めてきたのだろう」

と、広目が言った。

「生身の人間にはできん芸当だ。ビルの上でも走ったか、それとも」

「境の辻は使ってねえよ」

赤バッジは広目に牙を剝き出した。

「各署の連絡係に話を通して、マッハで集めてきただけだ。こんな調書、持ち出されてもわからねえし、すぐ返すんだからどうでもいいだろ。アマネはアレを見ていないから、呑気に構えていられるんだよ」

「俺をアマネと呼ぶんじゃない。それに呑気に構えてもいない。それほどまでに、おまえが何を恐れているのか知りたいだけだ。俺たちは『処理班』なんだぞ？　怪異を祓ったり、加担したりはしないんだ」

大げんかになるかと思ったのに、赤バッジは椅子を持ってきて会議用テーブルに着き、自分の前に数冊のファイルを引き寄せた。

「何が恐ろしいのか、自分でもよくわからねえんだよ。ただ、胸くそ悪くてイヤな予感がする。ガキのころに真理明《せ》を守ろうとして大型犬に追いかけられたことがあるんだが、あのときみたいに気持ちが急いて、追い立てられるんだ」

「嚙まれたか？」

「背中を嚙まれたが、滑《すべ》り台《だい》に上ってやり過ごした。飼い主が飛んできて、俺も真理明も助かった。あれから俺は犬が苦手だ。特に大きくて凶暴なヤツは」

「如何《いかが》されます警視正？」

土門が警視正を振り返り、

「赤バッジが追い立てられると言うなら放っておくわけにもいくまい。残業は若手に任せて、土門くんは帰ってかまわんよ、勉強会があるからな」

警視正が答えると、土門も椅子を引いてきた。

「では、私も時間いっぱい手伝いますかな。怪異全体の動きを掌握するのもミカヅチの仕事ですから」

怜も神鈴の隣に座り、積み上がったファイルを引き寄せた。

広目は黙って立ち上がり、神鈴がお盆に載せておいた湯飲み茶碗を片付け始めた。

彼はエコーロケーションという技を使って普通に部屋を行き来する。しばらくすると、給湯室から茶碗を洗う音がしてきた。

赤バッジと広目はことごとく衝突するが、結局は互いに一目置いているのだ。怜と神鈴は笑みを交わして、コソ泥のファイルをそれぞれ開いた。

午後六時。終業時間を迎えて土門が帰った。

みなに疲れが見え始めたので、怜がお茶を淹れに行く。

給湯室に入ってみると、羊羹が一切れお皿に載って、ラップをかけて置かれていた。赤バッジの分だとすぐにわかった。怜は全員にお茶を淹れ、赤バッジには羊羹を添えてオフィスへ運んだ。

「お疲れ様です。少しお茶で休憩しましょう」

最初に警視正に、そして広目に、赤バッジと神鈴に運んで行くと、

「お。やっぱり羊羹買ってきたな」

赤バッジは怜にドヤ顔を向けた。

「求肥が入っていて美味しかったです」

「竿《さお》菓子は切るのがちょっと大変だったわ。求肥、柔らかくて美味しいんだけど、包丁にくっついてきれいに切れないのよ」

「神鈴さん、包丁をちょっと濡らせばよかったのに」

「あ、そうか」

神鈴と怜が話している間に、赤バッジは菓子を一口で食い終わり、

「あそこの菓子はやっぱうめえな」

と、静かに言った。その瞬間、彼が妹にも食べさせてやりたいと思っていることが伝わってきた。粘膜の糜爛が治まって口内の爛《ただ》れがどうにかなれば、刺激がなくて柔らかなも

のから食べられるようになるだろう。チューブで栄養を補給されても、それは生きる活力を生まない。人は口から命を頂き、命に変える生き物だから。

早く食べられるようになればいい。日本のものを食べさせてあげたい。日本の空気を嗅がせてあげたい。ああ、極意さんはいつも、ずっと、こんなふうに妹を案じていたのか。

知らず赤バッジを見ていたようで、彼にジロリと睨まれた。

「俺の顔になんかついてるか」

「いえ」

「それじゃ早いとこ資料を当たれ。日が暮れたじゃねえか」

怜は慌ててお茶を飲み干し、残りの資料を調べ始めた。

午後七時三十分。箱の資料を調べ終えたが、特筆すべき情報は皆無だった。ファイルの数は多かったものの、内容は万引きや置き引きや賽銭泥棒、石材店の庭から小さな品を盗んだなどで、確認にもさほど時間はかからなかった。

「黒い呪物に関する情報は皆無ね」

と、神鈴が言った。

「ぼくのほうもなかったです。ただ、二階堂氏の盗みのパターンは読めた気がします」

「あ、それ、私も思った。すべて無人の場所でやっているよね」

「石像や仏像の窃盗もそうです。防犯カメラが設置されている場所では捕まっていますが、道端などから盗んだもので判明していない窃盗も多いんじゃないかと」

「クッソ、こっちも黒い呪物の記載は皆無だ」

三人で話していると警視正が言った。

「二階堂は盗んだ品をどこでさばいていたのかね。それに関する証言は？」

「いくつかはバイヤーを介して海外のコレクターに売っていたみたいです」

付箋《ふせん》を貼ったファイルを開いて神鈴が言った。

「東村山署の記録によれば、八坂神社跡の道祖神を盗もうとして捕まったときに、バイヤーについて話しています。ただ、窃盗が未遂であったのと、バイヤーとはネットで連絡を取り合うかたちだったため、バイヤーを捜査するまで発展はしていません」

「そのバイヤーだが、ネットのアカウント名は『スサノオ』か？」

と、赤バッジが訊いた。

「そう。スサノオになってるわ」

「ぼくが調べたほうもそうです。これ、捜査一課の仕事ですか？」

「盗品等関与罪なら生活安全部だな。俺たちは凶悪犯罪の専門部署だ」

「所轄はスサノオを追ってないのよ。でも、警視庁の生活安全部にはサイバー犯罪対策課がある……もしかして、そっちなら」

「タイムリーだな」

奥の暗がりで広目が言った。

「スサノオならば、ここの留置場に泊まっているぞ。五月に都内で発生した強盗殺人の現場から盗まれた仏像一体を、海外に送ろうとして捕まったようだ。本名は岡田了衛《おかだりょうえい》で、なんと寺の住職らしいが」

紙の調書は読めないが、広目のパソコンにはWEBアクセシビリティが搭載されている。キーボードとリーダー機能でWEBサイトを閲覧でき、ネット検索も可能だ。こちらで調書を調べている間に、広目も情報を収集してくれていたらしい。

「ほんとうか」

と、赤バッジが訊いた。

「俺は最近のデータを検索していた。殺傷事件と警察官の発砲事件、動きの速さに鑑《かんが》みても、二階堂が呪物を盗んだのはさほど昔ではないはずだからな。盗難届を当たってみたが、それらしき届けは出されていない。ヤツが無人の場所ばかりを狙っていたとするならば、持ち主がまだ盗まれたことに気付いていない可能性もあるが」

「でも、ルビーがはめられているようなモノを道端に放っておくかしら」

「もっとずっと古いモノで、廃村の神社とか、お堂とか、そういう場所から盗んできたのかもしれません。そうなら盗難届がなくても不思議じゃないし」

「……可能性はある」

と、広目が言った。

「お祭りのときしか神主が来ない神社はけっこうあるわね。ご神体が盗まれていても、祠《ほこら》を開けないから気がつかない」

「ヤロウ……どこからあんなモノを持ってきやがった」

「銀座事件の前の行動を洗うしかないか」

警視正が呟き、広目が言った。

「もしくはスサノオというバイヤーがヤツに依頼したということはないか……二階堂はスサノオの逮捕を知らずにブツを盗んだが、連絡がつかなかったため古物商に持ち込んだ……盗品ならば業者に品触書《しなぶれ》が回るが、盗まれたかどうかも不明の『ご神体』ではな」

「ちょっと待ってください」

と、怜も言った。

「もしも広目さんの言うとおりだとして……その場合、バイヤーはアレを流す相手がすでにいたってことですよね？　それはルビーの買い手でしょうか」

「いや、それはおかしいぞ」

と、赤バッジも言った。

「ルビー目当てなら、二階堂は古物商にＬＩＮＥする前に宝石商に電話をしていたはずだ。古物商の社長と会うまでは、ヤツは石に興味がなかった」

「バイヤーは何が欲しくて二階堂に依頼したと思うの？　変なモノ限定の買い取り期間とか？」

「呪物」

と、広目が目を見開いた。眼球代わりの水晶が金色に光っている。

「スサノオが買い取りを目論《もくろ》んだのが『呪物』そのものだったらどうだ？」

彼がそう言ったとき、怜は隣に座る赤バッジから硫黄の臭いを嗅ぎ取った。赤バッジが悪魔寄りになると体が発するイヤな臭いだ。

「なるほどな」

赤バッジは牙を見せてニヤリと笑い、

「ならばスサノオに訊いてみよう」

と、席を立つ。警視正がすかさず言った。

「安田くん。彼と一緒に行きたまえ」

そして部屋の出口へ目配せをした。

彼を独りで行かせたら、スサノオが危険だと思っているのだ。

「神鈴くんは生活安全部に電話してくれたまえ。『銀座無差別殺傷事件について二階堂とのつながりを確認するため、当該人物と話をしたい』と、面会の許可を得るのだ。捜査員は縄張り意識が強いからね、筋を通しておかねば後々面倒なことになる」

「わかりました」

神鈴が電話機に取り付いたとき、赤バッジはすでに部屋を出ようとしていた。怜も慌てて後を追い、扉が閉まる瞬間に、

「やれやれ」

と、広目がため息を吐いた。

留置場に収監されているスサノオは、本日の取り調べが終了していた。生活安全部が捕らえた被疑者に対し、捜査一課の刑事が話を訊きたいと申し出たことについても、被疑者死亡で決着がついた案件の確認事項がメインだという話の通し方をしたために、赤バッジと怜はすんなりと留置場へ行くことができた。

放射状に並ぶ留置室の真ん中に留置担当官の席があり、若い警察官が見張りをしている。赤バッジが身分証を見せると彼は恐縮して立ち上がり、

「お疲れ様です」

と、敬礼をした。警視庁捜査一課の『赤バッジ』は、たしかに威力を持つようだ。

「お疲れ。先ずは岡田了衛の基本情報を見せてもらうぞ」

警備用デスクのパソコンで、赤バッジはスサノオのデータを確認した。

――岡田了衛　六十七歳　八千矛《やちほこ》寺住職――

前科調書に係るデータはなく、嫌疑だけが記されていたが、盗品の売買容疑で『捜査中』となっており、寺の名前と年齢以外に新しくわかることはなかった。

赤バッジは顔を上げ、留置室を見渡して訊いた。

「どれが岡田了衛だ？」

見据えた先にツルツル頭の太った男が胡座《あぐら》をかいて座っている。赤ら顔に布袋腹、長方形の金縁メガネをかけて、鼻の下に八の字髭《ひげ》を生《は》やした姿は、寺の住職というよりも暴力団員か高利貸しのようだ。

霊能力者の怜の目には、彼の胡座にすっぽりと収まるかたちでどす黒い蛇がとぐろを巻いているのが見えた。もちろん普通の蛇ではなくて、妄執や欲が霊視可能なほど肥大したものだ。頭が異様なほど大きいので色欲も凄まじそうである。この人物は、金になると思えば呪物でも見境なく集めてきたのだろう。当然ながら障りも被《かぶ》ってきたはずが、呪物のほうでもこういう輩を使って次々に人に取り憑くわけで、利用価値があるうちは安全だったと思われる。でも、その関係が終わるとなれば……怜は痛ましそうに眉をひそめた。

予想通りに留置担当官が男を指すと、赤バッジはデスクを離れて鉄格子の前まで歩いていった。担当官にペコリと頭を下げて怜も続く。てっきり取調室などに相手を呼ぶと思っていたので、どんなリアクションをするのが正解なのかわからない。明らかに警察官と思えない怜を見た留置担当官も同様らしく、捜査一課の刑事の仕事に口を挟まなくてすむように、席を離れて各部屋の見回りに行ってしまった。

赤バッジは両手をポケットに突っ込んだまま、両脚を広げて留置室の前に立った。体を斜めに傾けて坊主《ぼうず》を見下ろし、あのテノールで静かに言った。

「スサノオさんよ」

畳に胡座をかいたまま、相手は目だけをこちらに向けた。粋《いき》なメガネは鼻の先に引っかかっていて、素の眼光はかなり鋭い。すでに餓鬼になりかかっているようだった。

「あんた、呪物を集めて海外のコレクターに売ってたってな」

まだミカヅチの推測にすぎないことを、赤バッジはズバリと訊いた。

「坊主のくせに良心が痛まねえのか、どうなんだ？　おかげで数人死んでるんだが」

「はて。何を仰《おっしゃ》っているのやら」

坊主はふてぶてしい顔で笑った。口元に黄色い歯が覗き、脚の間にいる蛇が真っ赤な舌をチロチロ伸ばす。その舌があまりに長いので、先が坊主の唇に達している。彼はゾクッと身震いをして、赤バッジに見せた笑顔をこわばらせた。よく見れば胡座をかいた足は指先から紫に変色し始めていて、怜は呪物が手先を見限る速さに震撼《しんかん》した。

赤バッジがチラリと怜に視線を送る。何か見えるなら教えてやれと目が言っている。

「了衛さん」

怜は鉄格子に一歩近づいた。声が優しげだったので、相手はハッとこちらに向いた。

「ハンドルネームはわからないですけど、あなたとネットで商談をして、塞ノ神や道祖神など、『道切《みちきり》』の呪物を提供してきた二階堂武志という人物が亡くなりました。呪物を手にして影響を受け、人を殺して自身も死んだ。つい先日のことです」

坊主が何も答えないので、さらに言う。

「その人物とあなたとは、何十年も付き合いがあったはず。二階堂氏の前科調書を調べてみると、彼が盗んだ石像や仏像の多くが、土地に不浄悪穢《あくあい》を持ち込まないための呪物でした。それを動かしたり、方向を変えたりした場合のことはここでお話ししませんが、そうしたモノの多くは素朴な造りで、高値の取引は望めないと思うんです。でも、呪物と知ってほしがる人なら……」

相手は唇を真一文字に結んでしまった。そのため頬が膨らんで、ふてくされているようにも見える。真っ黒な蛇の舌先が唇の隙間を探る。おそらく本人も気付いているのだ。今まではなかった呪物の障りが、とうとう自分に向かってきたのを。

「あ？　どうなんだ？　あんたはスサノオの名前で呪物を集め、高値で売りさばいていたわけだよな？」

赤バッジは再び訊ね、怜の肩に手を置くと、グイッと押して鉄格子の前に座らせた。膝を折った怜には坊主の顔がよく見える。蛇の舌は唇の脇から口中に入り、それによって蛇本体が坊主の顔近くに寄ってきていた。

「ずいぶん具合が悪そうですが？」

訊くと相手はすがるような目で怜を睨んだ。まだ残っている人の心が、恐れを抱いているのだと思った。怜は続ける。

「呪物を扱っても障りがないので、なめてましたね。でも、それはあなたに利用価値があったからで、もはやそういうわけにはいかない。被疑者になってしまった以上、呪物はあなたに容赦をしません。感じるでしょう？　因果応報《いんがおうほう》を」

赤バッジは鉄格子に張り付くと、一瞬だけ悪魔の顔を現した。坊主はとたんに床に突っ伏し、頭を抱えて悲鳴を上げた。

「ひいいっ、許してくれ、許してくれぇ」

「だから話を聞いてんじゃねえか。テメエは呪物を売りさばいていたな？」

「はい、そうです。はい、はい、そうです」

「道切の神を動かせばどうなるか、考えなかったんですか」

詰め寄る怜の肩を摑んで、赤バッジは後ろに行けと合図する。

仕方なく怜が立ち上がると、坊主は鉄格子にすがりついてきた。

「どうなるか知らない。わしはどうなるんだ？　教えてくれ」

すでに黒い蛇は坊主の首に巻き付いている。残念だけど、一週間も持たないだろう。

「呪物を売ろうとした相手の名前を教えろ。あと、二階堂がどうやってアレを手に入れてきたのか話せ」

「話せば助かるか」

「場合による」

と、赤バッジは答えた。どうにもできないと知っているくせに、そんなことはおくびにも出さない。本当に悪魔だなと怜は思ったが、黙っていた。

「取引先リストは警察に押収された。それを見てくれ」

赤バッジは頷いた。神鈴に頼んでサイバー犯罪対策課のファイルを調べるつもりだ。

「二階堂はアレをどうやって手に入れたんだ？」

「アレが何かわからない」

もはや情けない顔で坊主は言った。金縁のメガネは鼻からずり落ちそうになっている。

「眉間に石がハマった黒いブツだよ。丸めた餅《もち》みたいに彫りの甘いヤツだ」

「……ああ……それなら……たぶん……」

坊主の両目がギラリと光った。その一瞬だけ、人面の裏側から意地汚いナニカが顔を覗かせたようにも思えた。

「黒仏《くろぼとけ》のことか……ヤツはそれを手に入れたのか……」

怜はザーッと粟立《あわだ》った。

「それはなんだ？　どういう呪物だ」

赤バッジは鉄格子に張り付いて坊主を見下ろしたが、彼は首を左右に振って、

「どういうモノか、わしは知らない」

と、あっさり答えた。

「筋金入りの呪物コレクターがイギリスにいる。もとは博物館の研究員だったが、オカルトに傾倒していわく付きの品を集め始めた人物だ」

「名前は？」

「アルバート・ダーセニー。道祖神なんかじゃなく、ホンモノの呪物を集めているんだ。ホンモノならば高く買う。それも黒魔術的な、人に悪さをするようなヤツだ」

その人物から依頼があって、二階堂にもメールを送ったと坊主は言った。

「どんな依頼だ」

「日本の怪談に出てくる黒仏だよ。アルバートがそれを欲しいと言ってきた。東北のどこかにあるという」

「くろぼとけ？」

と、赤バッジは呟き、

「知ってるか」

と、怜に訊いた。

「岩手の念仏宗に伝わる仏様だと思いますけど……空を飛ぶとか、火事のとき池に飛び込んで蓮《はす》の葉にくるまっていたとかいうあれですよね」

「間抜けな感じで怖さはないな」

赤バッジは顔をしかめ、また坊主を振り返って訊いた。

「そいつのことか？」

「そうじゃない。死体を漆で塗り固めた呪物だ」

「……それって江戸期の怪談集に出てくる『豊後の国の女房の話』じゃないですか？」

「豊後といえば松平家で、大分だぞ。東北じゃない」

「いや、だから、その話を元に作られた呪物が東北にあるから探してくれと、アルバートは言ったんだ。金はいくらでも出すからと」

赤バッジと怜は顔を見合わせた。

「ネットで情報を募ったら、二階堂のやつが連絡してきた。漆で真っ黒に塗り固めたモノなら知っているかもしれないと。生まれた家が庄屋《しょうや》で、村の祭りの差配なんかもしていたという。火事で焼け出されて村も絶えたが、山の祠に年寄りが、黒い仏を祀《まつ》っていたと言うんだよ。欲しいのは仏じゃなくて呪物だが、外国人に差はわかるまいと思って、モノが手に入ったら見てやろうとは言った。それだけだ」

「二階堂は郷里がどこだと言っていた？」

「岩手の山奥としか聞いてない。もっとも村はもうないよ」

赤バッジは鉄格子から離れると、留置担当官に、

「世話になったな」

と声をかけ、振り返りもせずに留置場を出ていった。坊主から話を聞けば何かわかると思っていたのに、そうでないから怒っているのだ。よけいに焦り始めたというほうが近いか。怜が後を追おうとすると、

「まってくれ」

と、坊主は言った。蛇はすでに頭部に移動し、ぐいぐいと頭を締め上げている。

「話したんだから助けてくれ。痛くて頭が割れそうだ」

かわいそうだとは思ったが、二階堂に殺された人たちは、なんの罪も謂れもないのに耳を切り落とされたり、切りつけられたりして死んだのだ。

怜はしばらく足を止め、担当官が戻ってくるのを待ってこう告げた。

「岡田了衛さんですが、両脚とも先端に壊死《えし》が見られます。あと、頭痛を訴えていますのでみてあげてください」

若い担当官は「えっ」と、驚き、すぐに坊主の様子を見に行った。さっきまでのふてぶてしい態度はどこへやら、坊主はうずくまって頭を抱えている。足先の壊死を認めた担当官が当該部署へ電話するのを確認してから、怜は赤バッジを追いかけた。

ミカヅチの部屋へ戻ると、神鈴はすでに帰宅した後だった。

この晩は広目が当番で、会議用テーブルに散らかっていたファイルは段ボール箱に戻されて、空きスペースにコンビニの袋が載せられていた。

「ちくしょう、神鈴は帰っちまったか」

部屋に入るなり赤バッジが言って、

「当然だろう」

と、広目が答えた。

「ミカヅチ班も働き方改革だ」

「怪異に休みはないんだぞ」

「だからこそだよ」

と、警視正も言った。

デスクには新しいお茶が淹れてあり、部屋は食べ物の匂いがした。

「そういや、腹が減ったな」

思い出したように赤バッジが言う。怜もそれを思い出し、二人同時にお腹が鳴った。

「神鈴に頼んで食料を調達しておいた。どうせそんなことだろうと思ったからな」

「うえぇ、広目さんマジ天使……ありがとうございます」

コンビニ袋を逆《さか》さに振って、赤バッジは中身を全部テーブルにぶちまけた。おにぎりにパンにゆで卵、神鈴が大好きなスイーツは乱暴に投げ出されてかたちが変になっていた。

「昨晩喰ったままだった。羊羹は食事じゃねえし」

立ったままパンの袋を破っているので、

「広目さんにお礼を言うのが先じゃないですか」

と、怜は言った。喋《しゃべ》っている間になくなりそうで、自分のおにぎりを確保する。

「ありがとう、礼を言う」

クリームパンを二口で平らげてから、ようやく椅子に座って赤バッジは言ったが、広目は「ふん」と笑っただけだ。赤バッジはさらに豆大福と焼きそばパンとおにぎりを引き寄せて食べ、終わると再び立ち上がり、テーブルを離れてから急に戻ってゆで卵を取ると、殻を剝きながら神鈴のデスクへ移動して卵の殻をゴミ箱に捨て、おしぼりで手を拭いながら神鈴のパソコンを立ち上げた。

「くっ……喉につかえた」

苦しそうに言うので、会議用テーブルでおにぎりを頰張っていた怜が慌ててお茶を持っていく。それも一気に飲み干して、茶碗を返すとき「さんきゅ」と呟く。神鈴のパソコンが立ち上がって数秒後、室内にけたたましいアラートが響いた。

「何事だね」

と、警視正が首を回した。

「俺だ……すみません。調べたいことがあったんですが、神鈴がセキュリティをかけてい
て……くっそ、ここにはミカヅチしか入れねえのに、なんのためのセキュリティだよ」

「ほかにパスワードを知っているのは、土門くんだけだと思うぞ」

性急すぎないか？　と、警視正はニヤニヤしている。

「ミカヅチは怪異の現場に臨場するのが仕事だからな。場合によって体や心を乗っ取られ
ていることもある。セキュリティコードは必要なのだよ」

「班長か神鈴が出勤してくるまで待ったらどうだ」

と、広目も言った。

「クッソ」

「そもそもきみたちは昨日から寝ていないのだろう？　寝ない、喰わない、落ち着かない
で、ろくな仕事ができるとは思えん」

赤バッジがパソコンをスリープさせたとき、広目のスマホに着信があった。

「そうれ見ろ、神鈴から電話だ——」

と、広目は言った。

「——パソコンに不法アクセスがあったと連絡がいったのさ」

そしてスマホを耳に当て、

「大丈夫。やったのは赤バッジだ」

と、端的に答えた。

「留置場で何か仕入れてきたらしい。きみに調べてほしいことがあるようだが」

赤バッジのほうを見て、

「急ぎかと訊いている」

「もういいよ、明日で」

ふてくされて赤バッジは答えた。広目はそれを神鈴に伝え、通話を切ってまた言った。

「レディのパソコンを覗くとはいい度胸だと怒っていたぞ。妙な虫を憑《つ》けられないよう気をつけるんだな」

「うるせえよ」

赤バッジは移動して自分のデスクに突っ伏すと、何度か頭の位置を変えて、動かなくなった。眠ってしまったようだった。

「留置場で何があったのかね？」

おにぎりからパンに移ったところで警視正が怜に訊いた。甘く煮た豆のパンを飲み込んでから、怜は警視正のほうに向く。

「スサノオが盗品を売っていた相手の名簿が警察に押収されたと聞いて、極意さんはそれを調べるつもりだったんです」

「無差別殺傷事件の犯人については訊けたのか？　呪物の来歴も」

立ってきた広目が新しいお茶を注いでくれる。ありがとうございますと頭を下げて、怜は続けた。

「聞けました。スサノオの得意先にイギリス人の呪物コレクターがいて、その人物から『黒仏』が手に入らないかと打診されたということでした。ネットで情報を募ったら、二階堂氏が連絡してきたそうです。似たようなモノを知っていると」

「それが件の呪物かね？」

「可能性はあると思います。でも、スサノオはここに留置されていたので、彼がそれを手に入れたことも、亡くなったことも知らないんです」

「商談は成立しなかった……二階堂は新しい取引先を探すうち、自分が呪物に囚《とら》われた」

と、広目が言った。ごお……ごお……と、赤バッジはいびきをかき始めている。

「アレが盗まれた場所についても目星がついて……二階堂氏の出身地で、岩手県の山奥とか言っていましたが、村はもうないそうです……黒仏の伝承が残るのも岩手ですけど、それはモノが違います。コレクターが外国の人なので、どうも豊後に伝わる怪談話とごっちゃになってる気がします。豊後のほうは筋金入りの呪物だけど、岩手のは守り神なので」

「なにかね？　豊後のほうというのは」

真面目な顔で警視正が訊いた。首なし幽霊になるまで怪異やオカルトに懐疑的だったので、怪談話や伝承に疎《うと》いのだ。

「江戸期の怪談集、諸国百物語に出てくる話です。実話かどうかわかりませんけど、インパクトがあって外国人受けはいいのかも。豊後の国に仲の良《い》い夫婦が暮らしていて、夫が常々、『万一おまえが先に死ぬことがあれば、自分は二度と妻を娶《めと》らない』と妻に言っていたのが、妻は若くして亡くなるという」

「そんなものは閨《ねや》の睦言《むつごと》ではないか」

と、広目は言った。

「その妻が、亡くなる直前、夫に約束を取り付けるんです。自分が死んだら腹を裂いて臓物を抜き、米を詰めて死体を漆で塗り固め、鉦鼓《しょうこ》を持たせて持仏堂に祀ってほしい。そして朝な夕なに会いに来て、念仏を唱えてくださいと。夫が承知すると妻は亡くなり、遺言通りの処置をする――」

「ううむ」

警視正は低く唸った。うっかり首なし幽霊になった彼には、死後の遺言を残す妻の思惑が不気味に思えることだろう。

「二度と妻を娶らないと誓った夫ですけど、二年ほど経つと友人に勧められて後妻をもらいます。すると新しい妻は幾日も経たずに家を出ていってしまう。次の妻も、また次も……やがて夫は知るわけです。夜になると鉦鼓を鳴らして真っ黒な亡霊が現れる。持仏堂に祀った最初の妻が、怨霊となって新しい妻たちに祟っていたんです。怨霊となったことを夫に知られた最初の妻は夫のことも殺してしまう」

「なるほど……たしかにそれは呪物だな。しかも日本的な湿り気というかおぞましさがある。それを海外のコレクターが……」

警視正はふと顔を上げ、

「コレクターの名前は？　わかったのかね」

と、訊いた。

「アルバート・ダーセニーと言っていました。世界中の呪物を集めているようですが……あと、スサノオはもう長くないです。穢れが全身に回っていたので」

「アイルランド貴族のような名前だな。物好きな」

警視正は眉をひそめ、くるり、くるり、と二度ほど首を回転させた。

「オカルトに傾倒した学者だそうです」

「この事件……やはり根が深そうか」

ボソリと広目が呟いた。

少し後、赤バッジ同様に自分のデスクに突っ伏して、怜は眠りを貪《むさぼ》った。疲れ切っていたこともあるが、今さら家に帰るより、通勤時間もここで眠って早く仕事をしたかった。

アレはいったい何なのか。調べるほどに謎は深まる。どんな目的で銀座に現れ、何が起きようとしているのだろう。閉じた瞼《まぶた》の裏で疑問ばかりがグルグル巡る。夢か、うつつか、怜は眠りを貪りながら、わずかな間に無数の死者を出した怪異に対して、『処理するだけで祓わない』と主張する自分と議論を繰り広げているのだった。

其の四　黒い呪物

頭の周りでガヤガヤと人の声がするので、怜は、まだ眠りに引きこもうとする夢から徐々にこちらへ戻ってこられた。重ねた両手を額に当てて枕《まくら》とし、俯く姿勢で眠っていたので、ぼんやりしながら体を起こすと、脇のデスクでパソコンを操作していた神鈴が、

「安田くん、おでこに跡がついちゃってるわよ。あとヨダレ」

と、唇を拭う仕草《しぐさ》をした。

彼女の後ろに赤バッジが立って、横目で怜を見て笑う。すでにパリッと身支度も調っている。慌てて時間を確認すると、まだ午前六時半だった。

「……え……神鈴さん……今日はいつもより早いんじゃ」

「早いのは私より安田くんでしょ。まあ、帰ってないから当然だけど」

警視正はデスクにいて、広目の席は空だった。

「広目さんは？」

「シャワーだ」

と、赤バッジが答える。

会議用テーブルに載せられていた段ボール箱はすでになく、いつもの朝がずいぶん早めに始まっていた。たぶん昨夜のことがあるから、神鈴も早めに出勤してきたのだろう。変な格好で爆睡したので首の後ろがガキゴキと鳴る。怜はようやく立ち上がり、頭を掻きながら神鈴のパソコンを覗きに行った。

「名簿のデータ、見つかりましたか？」

「まだよ。サイバー班は随分前からスサノオを追ってたみたいで、無駄な情報が多すぎるから、ダイレクトにそこへ行き着かないのよ。データも項目だけで整理せず、時系列順に追えるようにしてくれればいいのに。あと、ＰＤＦデータが一部画像になっていて、検索機能が効かないの。これ、パソコンに詳しくない人が作ったのよ。重要書類とか線引きしないで、全部若手に任せてほしいわ」

ブツブツ言いながらキーを叩いて、

「これじゃパスワードがわかっても極意さんには呼び出せなかったわ」

と、最後の一言で赤バッジを刺した。

「はいはい。仰るとおりです」

赤バッジは苦笑しながら怜に目をやり、

「朝のコーヒーが飲みたい」

と言って、ニタリと笑った。

「私も。お砂糖とミルク多めの濃いヤツで」

「私はお茶で」

扉の前から警視正も言う。怜は両目をこすりながら、

「わかりました」

と、給湯室へ向かった。パンとおにぎりを買ってもらったお礼を言うのを忘れてた。お金は誰が出してくれたんだろう。広目さんかな、神鈴さん……ってことはなさそうだ。でも、コンビニまで行ってくれたんだ。

ヤカンでお湯を沸かす間に、洗面所へ行って顔を洗った。クルクルの髪はいつにも増して膨らんでいたが、洗わないとどうすることもできないので見なかったことにした。

また給湯室へ戻っていくと、

「やったぞ」

と、赤バッジの声が聞こえた。

「プリントアウトするわね」

続いて神鈴の声がして、プリンターが動き始めた。

バイヤーの取引先リストがあると聞いたときには、せいぜい十数件程度と思っていたのに、プリンターの音はなかなか止まない。それぞれのカップにインスタントコーヒーを入れ、警視正のために急須を出して茶葉を入れ、お湯が沸騰するのを待つ間に、怜は神鈴の様子を覗きに行った。せっかちな赤バッジはプリンターが吐き出す紙を早速手にして眺めている。何枚も吐き出されるうち数枚が溜まると神鈴に言った。

「これを全部当たるより、岩手へ飛んだほうが早いんじゃねえのか？」

そしてその目を警視正に向けた。

警視正はすぐに言う。

「旅費などかかる話の場合は、私ではなく土門くんの指示に従ってほしいね」

彼はミカヅチの最高責任者だが、組織的には死人であるため、実質的な業務の采配《さいはい》は土門の仕事だ。彼が出勤してこないことには動きが取れないので、赤バッジは出ただけのプリントを持って席に座った。ヤカンがピーピー言い出したとき、シャワー室から広目が出てきた。長い髪をひとつにまとめてバスタオルでくるんだ姿は、美しい顔と肢体も相まって外国映画の女優のようだが、それは異能の源が髪にあって迂闊にドライヤーを使えないからだ。

「広目さん、おはようございます。お茶を淹れますけど、コーヒーがいいですか？　それとも緑茶？」

「コーヒーを頼む。ブラックで」

その答えにはちょっと笑ってしまった。異能処理班ミカヅチでは命を握り合うパートナーが決まっている。班の使命や扉のことを漏らした場合、その者を抹殺するのはパートナーの役目だ。霊能力者の怜のパートナーは幽霊の警視正。陰陽師の土門は虫使いの神鈴。広目天《こうもくてん》として生まれた広目《ひろめ》は悪魔憑きの赤バッジと組んでいる。反目するのはそのとき躊躇《ちゅうちょ》しないためだと言いながら、二人は飲み物の好みも一緒だ。怜は意気揚々とお茶を淹れ、早朝のデスクへ運んでいった。

当番勤務だった広目は本日が非番で、報告書を上げれば帰れるはずが、自分のデスクで悠々とコーヒーを飲んでいる。神鈴がプリントアウトした名簿は三等分されて、赤バッジと怜と神鈴が確認作業を進めることにした。アルバート・ダーセニーの名前は神鈴が受け持った名簿の中に出てきたようで、彼女はパソコンを用いて人物情報を集め始めた。

怜が手にした名簿の一部には、バイヤーともコレクターともつかぬ人物が羅列されていた。国内外の博物館や自然史館、資料館などに勤める学者やスタッフの名簿である。赤バッジが持っていった名簿も同様で、聖職者や神官、寺の住職などがずらずらと並んでいるようだった。

「なぜこんな名簿をスサノオが持ってんだ？　まさか寺や教会の間で宝物のやりとりがあったってことか？」

赤バッジは唸りながら名簿の確認作業を進めている。

「どういう事情でこうなるのか、俺にはサッパリわからねえ」

「時代を遡《さかのぼ》れば宗教家同士で縁があったか……もしくはどこかの寺の秘仏が、実は余所の寺から盗まれたモノだったというようなことがあるのかもしれんよ」

警視正がそう言っても、赤バッジはまだ小声でブツブツこぼしている。

「それでも今さら驚かねえが……結局、世の中を統《す》べているのは魑魅魍魎《ちみもうりょう》ばっかりだってことじゃねえのか」

言い得て妙だと怜は思う。宗教家だから高潔だとは言えないし、スサノオのような坊さんだっている。善良な人々はそれを知らないし、敢《あ》えて想像することもない。人の悪意が怪異の思惑と絡み合い、作用して、世界に影響を与えているなんて、知ったら安心して生きていけない。日常のそばにある不思議、誰でも人を呪えることさえ、一般人は知らなくていい。だからミカヅチが警視庁の地下にあるのだ。

並んだ名前と年齢と、職業その他を眺めつつ、スサノオが手に入れようとした黒仏と関係のありそうな人物を探した。どういう人物なら関係があるのかもわからないまま、取りあえず東北、取りあえず呪物、取りあえずは、封印の秘事に関わりのありそうな人物を探す。そうしていると、見知った名前に目が釘付《くぎづ》けになった。

「……極意さん」

「あ？」

赤バッジが顔を上げたので名簿を持って立ち上がり、駆け寄ってその部分を指した。

「見てください。ここに真理明さんの名前があります」

赤バッジは無言で名簿をひったくった。

極意真理明二十二歳。勤務先は、某所の国立民族学博物館となっている。

「これ……真理明の大学院当時のデータじゃねえか……なんだって……」

静かだが凄《すご》みのある声で言う。体から濃密な硫黄臭が立ち上ってきた。

「極意さん、ここで変身とかやめてよね」

臭いに気付いて神鈴が忠告し、

「落ち着きたまえ」

と、警視正も言った。

「……スサノオのジジイがどうして真理明のデータを持っていやがる……」

警視正らの声が聞こえなかったのか、名簿を握る赤バッジの手に血の筋が浮き、長い爪が生えてきた。顔色はどす黒くなり、背中の筋肉が盛り上がる。

「ちょっと、落ち着いてったら極意さん。こういう名簿は、だいたい横流しされたモノだから、関係者をまとめたものをコピーしただけかもしれないじゃない。もうやだ、聞こえてる？」

言いながら神鈴が後ろへ下がる。怜は彼の体から炎のように殺意が燃え立つ様を見た。

「落ち着いてください、極意さん。ここに名前があったからって、真理明さんとは」

無関係かもしれません。

そう言うつもりが不意に襟首を摑まれて、呼吸すらもできなくなった。そのまま宙に持ち上げられて、これはマズいと直感したとき、突然、どこからか冷たい水が降ってきた。それはドボドボと赤バッジの頭を濡らして、怜は床に落とされた。

見上げると、赤バッジはブルンブルンと水滴を振り飛ばしながら、

「冷てえっ！　クソ」

と、叫んでいた。

頭上高くに腕を伸ばして、ペットボトルの水を赤バッジにぶっかけたのは広目だ。

「みなが落ち着けと言っているのに、おまえは徐々にこらえ性がなくなっている。自分でそれがわからないのか？　見境なく悪魔に変じるなど恥を知れ」

ボトルに入っていたのは真水だ。生身の眼窩を用いて霊視する広目は、不浄を退ける水晶をその場所に収めているが、霊視の後は真水で眼窩を洗わなければ腐ってしまう。その貴重な水を、彼は赤バッジに注いでいたのだ。頭から水を滴《したた》らせ、スーツもシャツもネクタイも濡らして、赤バッジは唇を引き結ぶ。神鈴が寄ってきて怜を立たせ、

「広目さんが止めなきゃ、スサノオを殺しそうな勢いだったわ」

赤バッジに文句を言って怒りの虫を採取した。赤バッジは静かに息を吐き出した。

「激高したのは悪かった……だが、クソ坊主が真理明の名前を知っていただけで気分が悪い。真理明があんな野郎と関係あるはずないからな」

「関係あると誰が言った？　名簿に名前があっただけだ」

広目はペットボトルに蓋をして、空のボトルを捨てに行ってしまった。

「博物館の関係者だから名前があったんですね。真理明さんは博物館に？」

訊くと赤バッジは怜に視線を移し、

「そうだ。それが真理明の夢だったからな。大学院に進んで博物館の仕事を手伝っていた。病気が発症するまでは」

「国立の民族学博物館にいたってことは、真理明さん、宗教や文化や民族や風習なんかにも詳しいってことじゃない？」

「人類文化研究機構の研究員だった」

そういうことだったのか。怜は頷き、現在の時間を確かめた。

「極意さん。この時間なら真理明さんと電話できるんじゃないですか？　スサノオを締め上げるより、真理明さんから直接話を聞いたらどうでしょう」

「話？　なんの話だよ」

「呪物のこと、あと、コレクターや黒仏のことも、もしかしてスサノオについても、真理明さんは研究機関時代に噂《うわさ》を聞いているかもしれない。名簿を見る限り真理明さんほど若い研究者はいないから、彼女は優秀だったってことですよね。学者で研究熱心な人物はコアな情報に触れるチャンスがあります」

ハンカチで顔やスーツを拭いていた赤バッジは、怜に言われると仏頂面でスマホを出した。悪魔の臭いはどこかへ消えて、今は整髪料の香りがしている。彼は電話アプリを起動して、スマホをタップし始めた。

「どうかな……話ができる状態だといいが……」

スマホを耳に当てて天井を見上げる。

「この上あいつに呪いや祟りまで関わっていたら……俺はどうすりゃいいんだよ」

通話がつながるのを待ちながら、赤バッジは俯いてブツブツ言った。その横顔には妹思いの兄の素顔が透けていて、怜はなんだか苦しくなった。真理明さんは話ができる状態だろうか。赤バッジの様子を見守りながら、祈るような気持ちになる。

しばらくすると相手方と電話がつながり、赤バッジは流暢《りゅうちょう》な英語で会話を始めた。またもしばらく間が空いて、今度は優しげな声で訊く。

「真理明？　兄ちゃんだ。調子はどうだ」

ぶっきらぼうで乱暴で、いつも尖っている赤バッジが実はどんな人間か、こういうときに思い知る。広目も神鈴も警視正も、もちろん怜も、黙って会話を聞いていた。

「そうか。よかった。でも無理はすんなよ？　喋るのが辛かったら遠慮しないで言ってくれ。そうか？　実は、おまえにちょっと訊きたいことが……」

彼が背中を向けたので、仲間たちは誰からともなくそれぞれの仕事を再開した。

いつもの赤バッジでいればいいのに、素のままの彼を見ることは、彼が懸命に取《と》り繕《つくろ》っている仮面や兜を侵すことにも思われる。悪魔憑きとなった自分を肯定するためにかぶった仮面の裏を見るのは辛いし、本人もそれを望まないはずだ。

甘いテノールは心地よい響きを持って室内に流れ、理不尽に引き裂かれようとしている二人の時間を仲間たちに感じさせた。

「わかった。ありがとう。また電話するよ。おまえの天使によろしくな」

電話を切ったとき、赤バッジは一瞬だけ怜を見てから警視正の正面に立った。

「真理明はスサノオを知りません。件の呪物に関しても、情報を持っていませんでした。ただ、イギリスの呪物コレクターのことは知っていました」

怜らは思わず腰を浮かせた。赤バッジは続ける。

「アルバート・ダーセニーは有名な呪術コレクターですが、真理明の恩師が毛嫌いしていて、ホンモノは決して渡すべからずと常々言われていたそうです。アイルランド貴族の血をひく富豪で、他者に悪影響を与える呪物を集めていますが、その目的は収集でも封印でもなくて、むしろ封印された呪物を表に出して犠牲者を生むことでした。真理明は卒業旅行でイギリスに行った折り、彼が呪物について出版した本を購入したそうです。ダーセニーの屋敷は『呪いの館《やかた》』と呼ばれ、怪しい連中が出入りして、サバトが行われているという噂もあるとか。七十歳に手が届く神経質そうな鷲鼻《わしばな》の小男で、残忍な顔つきに酷薄な唇、額は広く髪はブラウン、ユニコーンの首を象った杖《つえ》を愛用しているとか」

さらに赤バッジはこう言った。

「でも、その男は自分がコレクションしていた拷問道具で八つ裂きになったという噂があるそうですが」

「む」

と、警視正は首を傾げた。

「……鷲鼻の小男でユニコーンの杖？」

頭の両脇を手で抱え、警視正はスポッと首を体から外した。赤バッジに向けてデスクに置くと、両手で頭を揉みながら、

「思い出したぞ」

と、眉をひそめた。

「その男……私は『向こう』で会っているかもしれない。そうだ……煉獄《れんごく》行きの黒い車に乗せられていた」

神鈴が自分のデスクから訊く。

「ネットに没年はないけど、すでに死んでるってこと？　でも、彼はスサノオに黒仏が欲しいと依頼してきたんですよね。彼の名前を騙《かた》った誰かがやったのかしら」

「アルバート・ダーセニー……貴族の末裔……いや、死んでいるのは間違いないぞ。生きた人間が煉獄行きの車に乗れるはずがないからな。しかもその男を見たのは、私が首を落としたときだ。鋼鉄の檻《おり》に入れられて、煉獄へ連れていかれるところだった」

「じゃ、誰がスサノオに依頼したのよ」

「死んだ本人なのではないかと俺は思う。電話やネットはあの世とつながる。目的が呪物の収集でなく、封印を解いて犠牲者を生むことだと言うのなら、そいつは煉獄に囚われながらもコレクションの依頼を続けているのかもしれん」

　奥の暗がりから広目が言った。

「死んでもまだ悪いことをしてるの？　呆れる」

　怜も似たような現象を経験したことがある。すでに死んだ人物が祓いの仕事を頼んできたのだ。怜をあちらへ引きこむために。

「だって、それじゃどうするの？　スサノオが黒仏を手に入れても、死んだ相手には渡せないのよ」

　神鈴は納得できないようで、しきりにポシェットの蓋を鳴らしている。広目が低い声で「いや……」と、言った。

「渡してもらう気はないし、呪物を使うつもりもない。目的はレベル４の呪物を外に出すことだ。封印を解けば犠牲者が出る。それが誰でも、スサノオであってもよかったのさ。出しさえすれば勝手に人に憑いて移動していくわけだから」

広目の言葉は的を射ている。

「サイテー」

と、神鈴は顔をしかめた。

「あらゆる呪物を動かして大きなうねりを創《つく》るつもりかもしれんな。それもこれも」

警視正が言ったとき、件の扉の表面で、赤い模様がグルリと動いて梵字の『サ』を描き出した。怜にはそれが、扉の奥にあるモノが意思疎通を図ろうとしているようにも感じられた。みなが同時に模様を見つめたとき、デスクの電話がけたたましい音で鳴り出した。

「警察庁犯罪研究室です」

神鈴が内線電話に出て言った。

「はい……はい……極意刑事はここにいますが」

赤バッジに目をやると、

「本当ですか？　それはどうも、お手数をおかけしました」

そう言って受話器を差し出した。

「極意さんに銀座署から電話ですって」

「お電話代わりました。警視庁捜査一課の極意です」

赤バッジは電話に出ると、何事か話してから警視正の首に目を向けた。

「銀座警察署の証拠品保管室で、黒仏が見つかったそうです」

そして怜に「行くぞ」と、言った。

スーツは濡れた部分がツートンカラーになっていたので、赤バッジは素早く上着を脱いで椅子にかけ、ワイシャツにベストという出《い》で立《た》ちで颯爽《さっそう》と部屋を出ていった。

またぼくですか？ と訊く前に、神鈴が拳を握って「ファイト」と笑う。

慌ててリュックをひっつかみ、怜が長くて暗い廊下に出ると、ちょうど土門班長が荷物用エレベーターから降りてきたところであった。

湿って暗くて長い廊下にサロンプスの匂いがしていた。


銀座警察署は交差点の角にある。通りからギリギリの位置に立つ灰色の建物は、正面玄関やその周辺にまだ大勢のメディア関係者らが張り付いていたので、赤バッジと怜は道を回り込んで裏から建物に入っていった。さっきの電話で打ち合わせたのか、裏口側の喫煙所で若い女性警察官が待ち受けていた。

「お疲れ様です」

彼女もまた姿勢を正して赤バッジに頭を下げる。捜査一課の刑事はエリートなのだ。

「忙しいのに悪かったな」

赤バッジが感謝を伝えると、

「いえ」

と答えながらもチラリと怜に目を向けた。そりゃそうだ。やはり警察関係者でないとわかるのだ。赤バッジは怜の腕に手を置くと、怪訝《けげん》そうな顔の彼女に言った。

「犯罪研究室の職員だ。探している品に詳しいので連れてきた」

「安田です」

可能な限り背筋を伸ばし、ペコリと丁寧に頭を下げた。

彼女は頷き、ようやく踵を返して廊下を進む。署内の空気はピリピリとして、すれ違う者たちは誰も部外者と目を合わせようとしない。無言でしばらく歩いてから、エレベーターを呼んで三人だけになると、ようやく赤バッジが口を開いた。

「刑事が発砲した原因はまだわからないのか？　問題のある警官だったとか」

「まあ……」

と曖昧に頷いてから、女性警察官は話題を変えた。

「おたずねのブツですが、『銀座無差別殺傷事件の証拠品』の中には見つかりませんでした。範囲を広げて探したところ、たぶんこれじゃないかというのがありましたので、ご確認《みと》く《く》ださい」

赤バッジが眉根を寄せると、彼女はまた言う。

「署内で起きた発砲事件のあと、自殺した刑事のそばに落ちていたのを職員が見つけ、書類をあげて保管していたものでした。なんなのか、なぜそこにあったのかは不明です。署内でそれを見たことのある者はいませんでしたし、念のため自殺した刑事の家族に問い合わせてもみましたが、知らないということでした。凶行の原因も不明です」

エレベーターが止まり、ドアが開いた。彼女は赤バッジと怜を先に降ろして廊下に立った。薄暗くてひと気のないフロアだった。

「でも、あれが極意さんの言うように、無差別殺人の現場にあったものだというのなら……」

立ち止まったままで彼女は言った。周囲に誰もいないのに声のトーンを落としている。

「なんだ。心当たりがあるなら言ってくれ」

赤バッジが静かに告げると、彼女は一瞬だけ唇を嚙んだ。

「……そうなのかもしれません」

どういう意味か、怜にはまったくわからない。

けれど赤バッジはその一言で察したように、

「自殺した刑事に問題があったんだな」

彼女の目を覗き込んで訊く。若い女性警察官は頷いた。

「素行が良くなかったのは事実です。監察に話がいって身辺整理をしていたようで、私もお金の無心をされていました。噂では、愛人から手切れ金を要求されていたとか」

「金に困っていたってことか」

「はい……たぶん」

赤バッジは頷いた。

「その刑事が証拠品保管室に入ってブツを持ち出したと思うのか」

「わかりませんが、極意さんに言われて調べたら、銀座無差別殺傷事件の証拠品リストから一部が消去されていて、不審に思ったことは確かです」

「持ち出すためにリストから消したってか？」

「わかりません。でも、可能性は……」

「あるかもな」

女性警察官は歩き出し、証拠品保管室へと向かう。その部屋はドアの間隔がとても長くて、横に広い部屋であるのが想像できた。彼女はセキュリティコードを打ち込むとロックを解除してドアを開け、怜らと共に室内へ入った。

図書館の保管庫のような部屋だった。薄暗い空間には天井まで届くアルミ棚が整然と並び、事件名を貼った段ボール箱がびっしり詰め込まれている。紙と埃の匂いに混じって血液や恐怖の臭いがした。証拠品には事件の引き金となった悪意やおぞましい結果が染《し》みついていて、今も不穏な気配を発しているのだ。無人の空間なのに、そこはかとない意志を感じる。その瞬間の恐怖や興奮、怯《おび》えと怒り、たくさんの気持ち。そういうものがドライアイスの煙のように降ってくる。そうか……警察署は『忌み地』でもあるんだ。

居並ぶ棚をいくつか行き過ぎ、彼女はひとつの場所で止まった。そこだけは薄暗い照明がさらに暗くて、現在進行形の悪意がわだかまっているかのようだった。女性警察官と赤バッジの背後にいたのに、怜は激しい吐き気に襲われて立ち止まってしまった。

「……極意さん」

口を開けば瘴気を吸い込み、嘔吐《えず》いてしまう。だからそれ以上喋れなかったが、赤バッジは鋭くも怜の状況を理解してチラリと振り向き、無言で女性警察官と先へ進んだ。

怜はその場にとどまって、鼻と口をハンカチで覆った。クサい。これは間違いなく死人の臭い、腐敗した肉と脂肪の臭いだ。

「これです」

女性警察官は棚から箱をひとつ下ろしたが、怜はその場から様子を窺《うかが》うばかりだ。

箱はさほど重そうではなく、彼女はそれを易々《やすやす》と抱えてテーブルのある場所まで移動した。そこだけは明るい照明が点いていて、椅子も用意されている。証拠品を調べる者はそのテーブルで中身を確認するのだろう。赤バッジは女性警察官の脇に立ち、箱が開くのを見守っている。同僚射殺事件の現場にあったと聞いたが箱に事件名は書かれておらず、日付と時間、警察署の名前のみが記されていた。

「事件とは関連なしという判断だな？」

と、赤バッジが訊いた。

「当番勤務の職員が、事件で大騒ぎになっているとき廊下に転がっているのを見つけたというだけなので……なんであるかも、持ち主もわからないので、取りあえずここに置いているという感じです。極意さんから話を聞いたときは先ず無差別殺傷事件の箱を探したのですが、みつからなかったので保管室の担当者に話をしたら、これを教えてくれたというわけでした」

話しながらテキパキと箱を開けると、中にはビニール袋に入れられた黒いモノが入っていた。彼女は無造作に袋を引っ張り、目の高さに持ち上げた。

それは透明なビニール袋に黒いビニール袋が入っているというような、奇妙な感じのモノだった。怜は思わず背中を向けて、胃袋がひっくり返るほどの腐臭に耐えた。

「これっていったいなんなんですか？」

と、彼女は訊いた。臭いに顔をしかめる素振りもない。普通の人にはわからないのだ。

「価値のあるモノですか？　ナイショで保管庫から持ち出すほどに」

「どうかな」

赤バッジは袋を摑み取り、また箱に入れて封をした。

「だが……」

その先を言わせることなく彼女を見下ろす。

「これは確かに無差別事件の現場から紛失した物だ。でっかい魚の胃袋だよ」

「魚の胃袋ですか？　ああ、まあ……言われてみればたしかに……でも、それって……」

「漢方薬だと聞いてるが、事件のどさくさで行方知れずになったと持ち主が本庁へ怒鳴《どな》り込《こ》んできたんだよ。価値を知る人間でなきゃゴミにしか見えないが、不祥事が起きたタイミングで職務怠慢と騒がれるのもアレなんで、俺が探しに来たってわけだ」

見つかってよかった、と、心をとろかすテノールで言う。

「俺が預かっていってもいいか？　書類はどうなっている」

「書類はどうにもなっていません。ときに保管していただけで、廃棄するか、そのままになるのか不明ですけど、本署は今、それどころではないので、拾った職員も忘れているかもしれません」

「ならば、持っていってもかまわないな？」

「それを決める権限は、私にはありません」

「だな。じゃ、うちで手続きして書類を通すよ」

「お願いします」

ブツが入った箱を小脇に抱えると、赤バッジは彼女の肩に軽く手を置き、

「世話になったな」

と、優しく言った。そしてズカズカとその場を離れ、

「行くぞ」

と怜に命令した。怜は首を伸ばして彼女を覗き、

「ありがとうございました」

と頭を下げた。

「いえ、お疲れ様でした」

その声を聞きながら保管室を出ると、赤バッジは大股《おおまた》に廊下を進んでエレベーターを呼び、来たときと同じように裏口から銀座署を去った。

報道陣でごった返す表通りを避けて脇道へ抜けて、ようやく吐き気が収まったとき、

「でっかい魚の胃袋だなんて、あんなデタラメがよく出ましたね」

横に並んで怜が言うと、赤バッジは鼻で嗤った。

「似てるだろ？　魚と思えば不気味さも薄まる」

なんて図々《ずうずう》しいコソ泥だろうと呆れながらも、怜は赤バッジを微笑ましく思った。

正午近くに警視庁本部へ戻り、地下三階へ続く荷物用エレベーターに向かうとき、怜はちょっと不安になって赤バッジに訊いた。

「それをどうするつもりです？」

「どうするもこうするも、上官の指示を仰ぐしかねえだろうが」

見た目はただの段ボール箱だが、中に入っているのは得体の知れない呪物である。

「あの部屋に持っていって、大丈夫でしょうか」

「んなこと俺に訊くなよ、わかるかよ」

赤バッジは足を止めない。ますます厭《いや》な予感がしてきた。

「土門班長に連絡して指示を仰いだらどうですか？」

そのときすでに赤バッジは荷物用エレベーターの蛇腹扉を開けていた。

「早く乗れ。置いてくぞ」

怜は慌てて箱に乗り、剝き出しの壁に体がこすれないよう赤バッジのそばに張り付いた。黒い呪物は腐敗臭をまき散らしながら沈黙しているが、だからこそ余計に不穏だ。

暗闇の中を地階へ向かって進むとき、『時が来るぞ』というナニカの声を聞いた気がする。それは警視正が平将門《たいらのまさかど》の首塚で首を落としたときに初めて聞こえ、以降も時々怜の頭に響いてくるのだ。時が来る。そのときが来るぞ……だからなんだというのだろう。備えをしろとの忠告なのか、それとも、諦めろと言われているのか。

腐臭と共に地階へ降りて、長い廊下を再び進んだ。

「おまえはバカか！　なんてモノを持ってきたんだ！」

セキュリティコードとパスワードを打ち込んで、ミカヅチ班のドアが開いた瞬間、奥の暗がりで広目が怒鳴った。

「班長、班長！　大変です！」

広目は給湯室に向かって叫び、土門がヤカンを持って飛び出してきた。

「何事ですか！」

と言ったとき、ミリミリミリ……と音がして、

「扉！　扉が！」

珍しくも神鈴が悲鳴を上げて扉を指した。

デスクに立ち上がった警視正の背後で扉の模様が渦を巻く。それは海底に引きこまれるかのように寄り集まって、ガポンと沈んで消えたと思った瞬間、逆側に長く伸びて赤バッジが抱える段ボール箱へと向かってきた。

「極意さんっ」

怜は咄嗟《とっさ》に赤バッジを突き飛ばし、落ちそうになった箱を抱えた。

赤い触手が眼前に迫る。塊は扉を引っ張って、件の扉が微かに開く。

怜は見た。そして恐怖で固まった。扉の隙間のすぐ裏に、邪悪で巨大な何かがうごめいている。それは渦巻いて人の顔さながらに変じ、叫ぶかのように大口を開けて笑っていた。ひとつではない、無数でもない、バケモノでも悪魔でも神でもない。命ではなく死でもない。あれが、こちらへ溢れ出たなら……そのとき、目の前に警視正が立ちはだかった。逃げろ！　と頭に声が響いて、怜はすぐさま箱を抱えて転がった。

「こっちです。安田くん」

「こっちよ！」

土門と神鈴が交互に叫び、懸命にそちらへ転がると、わけもわからないまま布様のもので覆われた。びゅうう……と風の音がして、あたりは静寂に包まれた。

なに？　何が起きた？　心臓がバクバク跳ねて、とんでもないものを見てしまったと考えた。あれはなんだ、あの、言葉にできないおぞましいものは。

箱を抱いたまま考えていると、やがて外から声がした。

「みなさん無事ですかっ？」

切迫した土門班長の声だった。

「全然まったく無事じゃないっ。やだ警視正！　警視正！」

神鈴が大声で叫んでいる。怜は頭上の布に手をかけて、自分だけゆっくり這《は》い出《だ》した。段ボール箱ごと彼を覆っていたのは、土門班長の戦闘服だ。清浄な土地で清浄な種から植物を育てて糸をとり、清浄な水にさらして織り上げて、一切の不浄を寄せ付けないという純白の狩衣。それに包まれてしまっては、呪物も瘴気を吐き出せないのだ。

いったい何が起きたのか、狩衣から抜け出した怜の前で首なし幽霊の警視正は、頭部から下顎骨《かがくこつ》が外れた無惨な姿となって横たわっていた。

「警視正！」

怜は頭が真っ白になった。すでに死んでいる人なのに、慌てふためいて警視正に駆け寄った。自分を庇《かば》ったせいでこうなったのだ。抱き起こそうと体に触れたが、実体がないので霧のように突き抜けてしまう。警視正の外れた顎は数メートルも吹き飛んで、赤バッジの前に転がっていた。

「うわ……どうしよう、ぼくのせいです……警視正……大丈夫ですかっ」

首と体はくっついているが、下顎骨がないので警視正は喋れない。どうしよう、どうしよう、このまま彼が死んでしまったら……頭が混乱して泣きそうになる。落ち着け、しっかりしろ、自分を叱咤《しった》しながらも、怜はオロオロと頭を抱えた。すると、

「とんでもなく危険だったな……」

突然、警視正が言葉を発した。

見れば下顎骨が頭部に戻って、側頭骨と下顎骨をつなぐ関節突起にバンソウコウが貼ってある。神鈴がデスクに警視正の頭蓋骨を載せ、外れた下顎骨を元の場所にはめ込んで、

つなぎ目にバンソウコウを貼ったのだ。

「ここ、わりと外れやすいのよね。あまりカクカク動かさないほうがいいみたい」

警視正の無事を確認したとたん、怜は脱力のあまり「ははは」と笑った。

「ははは、ではない。きみがついていながらなにをやってる。赤バッジにこんなモノを持ち込ませるなど言語道断だ！」

広目はすっかんかんになって怒っている。一瞬の出来事だったので何が起きたかよくわかっていないが、土門班長の狩衣がなかったら相当ヤバい事態になっていたのだ。扉が開いていたかもしれない。そう思うと、生きた心地がしなかった。

「まあそうガミガミ言うな。ヤスダは忠告したが、俺が迂闊だったんだ」

「悪魔憑きに危機感がないのは当然だ。悪魔だからな。だが新入りは、まがりなりにも霊能力者だぞ。自分の異能に責任を持て！」

広目は厳しい顔で言い捨てた。だから一緒に行かせたのにと、思っているのがよくわかる。冗談でなく、ほんとうに、ミカヅチ班の部屋では一瞬の気の緩《ゆる》みが世界の終わりを招くのだと、よくよく怜は理解した。だから平身低頭して謝った。

「すみません。ぼくが軽率でした」

土門がこちらを向いて言う。

「いいですか？　安田くんはすでに一人前のミカヅチです。いつまでも新人ではありませんから、先輩に遠慮することなく意見を言っていただいてけっこうです。たとえ相手が悪魔憑きでも、私でも、警視正でもね」

土門はニコニコしているが、当の赤バッジはニヤニヤしている。

「そういうことだ。危機感があるなら遠慮なく言え」

言ったじゃないですか。と、怜は心で不平をもらした。

「と、いうことで、遠慮なく俺を突き飛ばした件は班長に免じて不問にする」

「どうでもいいけど何が起きたの？　極意さんが持ってきた箱はなんなのよ？」

バンソウコウを救急セットに片付けながら神鈴が訊いた。

「黒仏だよ。銀座署に保管されてたヤツだ。発砲した刑事は金に困っていた節があり……ここからは俺の推測にすぎないが、ルビーに目がくらんで盗み出し、呪物に憑かれて事件を起こしたんだろう。発砲現場で職員がブツを拾って、保管室に置いていたんだ」

狩衣のほうを眺めて広目が言った。

「悪魔憑きが入ってきたとき凄まじい瘴気を感じた。俺は今も足が震えている」

「扉から触手が伸びたからねえ」

と、警視正も言う。

「万が一触手が箱に触れれば、どうなっていたことか――」

どうなっていたか、怜は想像できたが言葉に出せない。そんなことがあっては決してな

らない。ところが、アレが見えたのは怜だけだったのか、警視正は首を傾げて、

「──わからんよ」

と、軽く答えた。

「わからんことを案じてもなあ……そもそも扉の向こうを我らは知らない」

「ただ、扉がただの扉でないことは、わかってきましたねえ。あれは──」

と、土門は扉を見つめた。

今は中途半端《ちゅうとはんぱ》な渦巻きのかたちを表面に記して鎮まっている。

「──安田くんが無意識に発する光にも、呪物の瘴気にも反応するようです。意志があるのか、そうではないのか、どうも、ただ塞《ふさ》ぐだけのモノではないようですからして……このことはしっかりと報告書にまとめておかないと……」

それから土門は床に目をやり、情けない顔で狩衣を見た。

「さて……勉強会までに狩衣を返していただかないと困ります。取りあえずは効果のありそうなお札でも貼っておきますか……でも、扉に影響を与えるほどの呪物となりますと、お札の効力も、さほど長くは続かないかもしれませんねえ」

「これを封印するにはどうしたらいいんですか？」

怜が訊くと、土門は腕組みをして言った。

「先ずは来歴を知らないことには……これが何で、何のために作られ、どういうモノであ

るのかを紐解《ひもと》かないと、迂闊なことをするのは危険だと今の事象が証明しています」

「知らない敵とは戦えんからなあ」

と、警視正も言う。

「そもそも極意さんは、どうしてそんな物騒《ぶっそう》なモノをここへ持ち込んできたのよ」

神鈴がポシェットをパチパチ鳴らすと、

「仕方ねえだろ」

と、赤バッジは答えた。

「警察署には人を殺す道具が揃《そろ》ってんだぞ？　いつまでもこんなものを置いておけるか」

「それを言うならここは警視庁本部ですけど」

「ミカヅチ班は別格だろ、この部屋のどこに拳銃がある」

「拳銃はないけど扉があるのよ」

「まあまあ」

と、土門が言った。

「最も危険な場所が最も安全な場所に思えるというのは理解ができます」

「だがミカヅチの仕事は怪異の後始末で、未然に防ぐ義理はない」

冷たい声で言ってから、広目は「ふっ」と自分を笑った。

「とはいえ、俺でも同じことをしたかもな……警察の仕事が怪異と深く関わっていると世間に知られては一大事だし、こんなモノが所轄にあっては、仕事が増えるばかりだし」

「ほめてんのかよ?」

赤バッジは煽ったが、広目はクールに席を立って給湯室へ行ってしまった。

段ボール箱に入った呪物は結界を張ってから狩衣を外し、ひとまずは大量のお札で封印した。メンバーはそれぞれ身を清め、テーブルに着いて緑茶を飲んだ。アレは一度も箱から出されず、ルビーが本物かどうかもわからないままだが、ミカヅチのメンバーはそこにはまったく興味がない。

残念ながらこの日はゴタゴタしていて瞑想の時間もとれず終《じま》いだ。怜は真理明を想《おも》ったが、仕方がない。雑多に昼食を終えて早くも午後の業務が始まったとき、神鈴が言った。

「そういえば、やっとその呪物と関係ありそうな話に行き着いたわよ」

自分のパソコンを立ち上げて、データを呼び出した。

「二階堂武志の実家は岩手県の山奥にあったと言っていたでしょ? 家は火災で焼失し、村も廃村になっているって。だから岩手の廃村をしらみつぶしに当たってみたの。そうしたら、『にかいどう』ではなく『にいどう』と読む庄屋が存在していたことがわかったわ。村の名前は『美々蘇木《ミミソギ》』よ」

「耳削《そ》ぎ……」

湯飲みをお盆に集めていた怜は、動きを止めて呟いた。名前の音にゾッとする。

「二階堂家は庄屋だったけど、代々医者もしていたみたい。大昔なら霊能治療もしていたわけで、呪物を用いたとしても不思議じゃないわ」

「場所は特定できているのか」

と、赤バッジが訊いた。

「できてるわ。村の形跡が残っているかはわからないけど」

「二階堂武志はそこからこれを持ち帰ったと思うんだな？」

「可能性はありますねえ……と言うか、大いにあります」

と、土門も言った。

「神鈴くんのお手柄《てがら》だな。どこから持ち出されたのかがわかれば、どういう素性のものかもわかる。黒仏をどうするのが正解なのかもわかる。なるほどな」

両頰にバンソウコウを貼った警視正が言う。

「人に取り憑いて人を殺《あや》める。これほど悪意に満ちた呪物も珍しいですからねえ。たしかに、このままにしておくのも剣呑ですから、然《しか》るべき手段を講ずることは必要でしょう。私も陰陽師の勉強会で、諸氏に話をしてみますけれども」

「その廃村へ行ってみるかね？　赤バッジ」

警視正の問いかけに、赤バッジは、

「はい」

と答えた。

其の五　囁き蛭子

神鈴によればその村は、岩手県奥州市・気仙郡住田町・遠野市にまたがる物見山《ものみやま》に、昭和の中頃まで存在していたという。再び赤バッジのサポート役に指名された怜は、すぐさま奥州行きの深夜バスに乗せられた。片道六時間以上の道のりを寝て過ごし、現地に到着するのは早朝だ。バスを降りたらレンタカーで二階堂の足跡を追う。

車内灯を落としたバスは夜景まばゆい都内を出発して高速に乗り、群青《ぐんじょう》の空と黒い景色が次々に行き過ぎる道を進んだ。狭い世界しか知らずに生きてきた怜にとっては、仕事であっても東京を出るのは胸躍る経験で、ワクワクしながら車窓の風景を眺めていると、

「いい加減に寝ておけよ」

背中を向けた赤バッジにボソリと言われた。

「山ん中をけっこう歩くぞ。俺に頼れると思ったら大間違いだからな」

悪魔を発動する気はないと言っているのだ。もちろん怜もそれを望まない。体に悪魔を宿らせるたび、赤バッジは悪魔に変わっていく。それを阻止するのが怜の望みだ。

「おやすみなさい」

と静かに言って座席を倒し、目を閉じた。

夢が脳内に侵入してくるとき、怜は、電話で真理明と話していたときの優しげな赤バッジの横顔を、何度も繰り返して見ようとしていた。


早朝、当番勤務の神鈴が怜のスマホにメールをよこした。間もなく目的地に着くタイミングだったので、心配してくれているのだなと思う。

――おはようございます。そろそろ奥州市に着くころよね。眠れた？――

怜は隣の席に丸くなって眠っている赤バッジを揺り起こした。

「神鈴さんからメールです。よく眠れたかって」

「んあ？」

赤バッジは眠そうな目をこすり、スマホを覗いて「バカか」と言った。

「好きに返信しとけばいいじゃねえか。いちいち俺に報告すんな」

「でも続きが……」

――土門班長は狩衣を持って奈良へ行っちゃったのよ。いちおう予備のお札も置いてったけど、広目さんは瘴気が漏れ出してるのが見えるって――

赤バッジは文面を読んで、

「だからどうしろって?」

と、怜に訊いた。

「村を調べて何かわかれば、土門班長に直接連絡してほしいそうです。班長がほかの陰陽師と情報を共有すると」

赤バッジは体を起こし、コキコキと首を鳴らして欠伸《あくび》した。

「いいけど、廃村へ行きゃ説明書があるってわけでもねえからなあ」

――あと、警視正の発案でブツのX線検査をしてみるつもり。動かすのは危険だから、ポータブルの器機を借りてくる。何かわかったら連絡するね――

脇から怜のスマホに手を伸ばし、赤バッジは勝手にスタンプを返した。親指を立てた『グー』のマークだ。

――そっちも早く調べてね。なんかアレ、怖いのよ。早くどこかへやってほしい――

また余計なことをされないように、怜はスマホを抱え込み、前向きに善処しますと打ち込んだ。その間にバスは降車場に着き、乗客たちは降りる準備を始めた。

空の広い土地だった。遥《はる》か彼方《かなた》に山々がかすみ、その上に明け染めの紅色が広がっている。東京より空気が冷たく、里山の森の匂いがした。

山向こうから湧き立つ雲の先端が朝日を浴びて光っている。高い建物がないと空間はこれほどまでに広いのか、と怜は思った。

早朝の降車場で、赤バッジは早速二階堂武志の写真を出して、バスの運転手や職員に見せて回った。二階堂が同じバスを使ったという情報はなかったが、ダメ元で話を聞いている。こんなとき怜は、今さらのように彼が刑事であることを知る。

ひなびた感じのバスターミナルでは、深夜バスで着く客のために早朝から食堂が営業していた。メニューはカレーとかけそばだけだが、赤バッジは怜を連れて食堂に入り、二杯のカレーを注文した。割烹着姿《かっぽうぎ》のおばちゃんが黄色いカレーをカウンターに載せ、福神漬けが山盛りになった丼《どんぶり》を出して隣に置いた。

「好きなだけあがってがんせ」

丼にはカレースプーンが挿してあり、赤バッジは大さじ一杯、怜は大さじ二杯の福神漬けをごはんに載せた。事務所のような食堂で事務用の折りたたみテーブルに座って、夕食兼朝食を摂る。おばちゃんたちが作ったカレーは甘口で、ジャガイモもタマネギもかたちがなくなるほど煮込まれていて、胃袋にほっこり収まる優しくて懐《なつ》かしい味がした。

「これで車を借りるんですよね？」

ごはんを頰張りながら怜が訊くと、

「下調べしてからな」

と、赤バッジは答えた。ルーと白米の境目にスプーンを入れ、次第に白米をルーのほうへと押しやりながら食べていく。一皿を食べ終えるころ、赤バッジの皿にはカレーの汚れがほとんどなかった。悪魔憑きだから食べ方も汚いと考えるのは偏見だ。怜は人間だったときの彼をまた少し知ったような気がした。

福神漬けも残らず平らげて水を飲み干し、ナフキンで口を拭うと、赤バッジは脚を組んでほかの客たちの様子を見守る。怜がカレーを食べ終えてしばらくしたころ、ついに店内の客が完全に途切れた。赤バッジは立ち上がり、空になった皿とコップを食器返却口へ運んで行くと、厨房《ちゅうぼう》を覗いて、

「ごちそうさん。うまかったよ」

と、あのテノールでおばちゃんたちに声をかけた。

「ごちそうさまでした」

怜も倣《なら》って皿を返すと、赤バッジは配膳口《はいぜんぐち》に移動して、

「おばちゃんさ、物見山って知ってるかい？」

親しげな口調で訊いた。

「物見山？」

厨房には三人のおばちゃんがいたが、野菜を切っていた一人が、

「種山《たねやま》高原のことだいね？」

と、振り向いた。

「ここからそこまでどれくらい？」

「三十分程度じゃないかね。車なら」

「近くに集落とか、あるのかな」

おばちゃんたちは顔を見合わせた。

「どうだか……盛《さかり》街道はずーっと山ん中だよ……集落なんて
ないと思うよ。と、口々に言う。

「そのあたりに昔、ミミソギって村があったのを知らないか？——」

おばちゃんたちはまたも顔を見合わせた。

「——火事で焼失したらしいんだ、四十年か、五十年くらい前に」

「ああ……」

と、年かさの一人が宙を見上げる。

「遠野側から上がったとこに『カミサマ』があったが、そげか」

「カミサマですか？」

赤バッジの脇から怜も訊いた。呪物ではなく神様だって？　てっきりあれは呪《まじな》いを生業《なりわい》
とする一族に伝わるモノだと思っていたのに。

「あ……そうそう……親たちは『お医者の村』って呼んでたが」

「山のカミサンはお産のカミサンだけ、わらす欲しけりゃ拝んでもらいに行ったりして

よ。昔は盛った村だったけが」

「けど、随分前になぐなってるよ。不便だけ、町におりできたから」

「そこへ行くにはどうすればいい？」

おばちゃんたちは顔を見合わせて首を傾げた。

「んじゃな、まんつ、こん先の住田町まで行ったらさ、道は一本しかねえもんさ」

「ずっぱり上のほうに道の駅があるけども……んだな……もっと手前に神社があってよ、ちゃっけ神社だけ、お医者の村は神社の裏から山へ上がった先だった気がすら」

「その神社でも、村のカミサマを祀っているんでしょうか？」

怜が訊くとおばちゃんは笑った。

「神社は神社だ。関係ねえべ」

「村にニイドウという家があったのを知らないかな？」

「どうだか、住田町行って聞いでみてけろ」

赤バッジは怜を振り返ってニヤリと笑った。

「じゃじゃじゃ……これが武志か、年喰って本家の爺《ず》さまそっくりンなって、わがらねがったな」

二階堂武志の写真を見せると、老人は言った。

「元気《がしぇ》でおるんか」

その問いに、赤バッジは曖昧な笑みだけを返す。バスターミナルでカレーを食べた後、怜らはレンタカーではなくタクシーで住田町へと移動した。そして町の老人福祉施設で、かつて美々蘇木村に居住していた人を探したのだった。

風光明媚《めいび》な山間の村に建つ、木の香りも清々《すがすが》しい施設である。焼失した村について聞きたいと話すと、広いホールに何人もの老人が集まってきた。村は遠野市側から上った場所にあったと聞いたが、気仙側の住田町に移住した家も多かったようで、数名の老人が美々蘇木村の出身者だった。二階堂の写真を手から手へと渡しては、

「まんつ爺さまそっくりだ」

「都会さ行《お》であって苦労しただべ」

などと話し込んでいる。ニュースをあまり見ないのか、銀座無差別殺傷事件の犯人と結びつける者はひとりもなかった。

「少し前に郷里へ帰ってきたはずですが、どなたか会っていませんか？」

生死は伏せたまま赤バッジが訊くと、老人たちは互いに顔を見合わせた。

「なんで？　今さらなにしに帰《け》ぇってきだか」

「帰ぇるっても二階堂の家はもうねえじゃ」

「美々蘇木村は完全になくなってしまったんでしょうか?」

怜が問うと、老人たちは頷いた。

「まんつ石ぐらいだべ、残ってんのは」

「ずっぱど焼けでしまっだからねえ」

「みなさんは村の跡地へ行かれたりはしないんですか?」

「行がね。あんなどごには」

と、最初の老人が左右に手を振る。曰《いわ》くありげな表情だった。

怜は赤バッジに目配せされて、質問役に回ることにした。強面の赤バッジより、怜が質問したほうが老人たちも答えるからだ。

「二階堂家のことを教えてください」

「立派な家だべ」

と、老人は当《あ》たり障《さわ》りのない言い方をした。

「面倒見がよぐて、身寄りのねえもんを世話しでいだよ」

「二階堂家っちゃ……な?」

そしてわざとらしく頷き合った。

「お医者さんで、カミサマを拝む家でもあったと聞いていますけど、祀っていたのは何のカミサマですか?」

老人たちは、誰からともなく視線を逸らした。

閉鎖社会で祀られる神は、ときに苛烈《かれつ》な質のモノがあり、そうした場合は隠されて外部の者には知らされない。信者は神に頼りながらも神を恐れる。アレもまたそうした神のひとつではないか。そう考えて、怜は焦点をずらすことにした。

「山の神はお産の神でもありますよね？　いえ、ぼくはあまり詳しくなくて、ただの聞きかじりなんですけども」

老人たちは黙したままだ。怜はめげずに持論を続けた。

「美々蘇木は林業の村だったのかな、それとも炭焼き？　あ、猟師ってこともあるのか……山仕事をする人は信心深いと聞いてるし、だから武志さんも石仏に惹《ひ》かれたんですね」

「石仏ぅ？」

と、老人が訊く。怜は彼の瞳を捉えた。

「武志さんは有名な石仏マニアで、塞ノ神や道祖神を集めていました。最近はお金に困ってそういうのを持ってきては売ったりしていて、道端に祀られているのを動かしたりで、困ったことも……そんな理由で、村へ帰ってきたときも、何か……」

するると老人は、まばらに歯の抜けた口をパクパクさせた。あたかも薄くなった酸素にあえいでいるかのようだった。ほかの老人たちを窺うと、誰もが挙動不審にキョトキョトし

ている。いったい何を考えているのか、答えはひとつだと怜は思い、

「ご存じでしょうか？　黒仏という」

赤バッジの許可も得ずにズバリと切り込む。そしてその瞬間の表情を見て、知っている
のだと確信した。

「武志さんはその仏像にルビーがはまっていると自慢していたそうです。二階堂家の年寄
りが山の祠に祀っていたと」

「あんトボゲが！　ルビーでねえし、仏像でもね」

悲鳴に近い声で老人が言う。

「まんつ武志の罰《ずづはづ》当だりめ……ありゃ恐ろす『もっこ』でや」

「もっこ？」

怜と赤バッジは顔を見合わせ、そして怜はさらに訊く。

「オバケのことだ。黒仏と呼んでらぁが、仏でねえじゃ」

「でも武志さんは……」

言いかけると、九十を超えたかに見える老婆が突然口を開いた。

痩せていて、長い白髪を後ろでまとめ、腰が折れ曲がって車椅子《くるまいす》の座面とひとつにな
ってしまったような人だった。

「武志はよーく知ってらぁはずじゃ。あれでもニイドウの三男じゃから」

そして白濁した目で怜を睨んだ。

「兄《えあな》さん。武志のヤツが何をへらめガしたが知らねえが、村が燃えだときに黒仏も燃えたでや」

老婆の強い口調で年寄りたちは一斉に口を閉ざした。彼らが俯いて互いの顔色を探る様子は、いたずらをして叱《しか》られた子供たちさながらだ。

仕方がない。怜は背筋を伸ばして老人たちに向き合った。

「ぼくたちがここへ来たわけは、武志さんが持ち出した黒仏を元の場所に戻したいからなんです」

「じゃじゃ！　なんだらこげだべたけしのやづぁ！」

最初の老人が何か叫んだ。テーブルに身を乗り出してさらに何かを叫んだが、怜には言葉の意味がわからなかった。けれども彼らが激しくうろたえていることはわかったので、椅子から立ち上がって頭を下げた。

「教えてください。お願いします！」

一瞬だけ、その場の空気が静まりかえった。

それでも動かず、膝に額を擦《なす》り付《つ》けるようにして待っていると、

「恐ろすごとぁ起ぎたかや？」

誰かの声がそう訊いた。怜はゆっくり顔を上げ、誰にともなく、

「はい」

と、答えた。車椅子の老婆がこちらに顔を向けている。探るように怜を見ていると思ったら、唐突にフーッと息を吐き、同志に語りかけるかのように、

「ええ、ええ。まんつ、かけろじゃ。兄さんぁ、なすてこったらとこじゃ来らったかど思ったが、おめもたいしたサニワを持ってらがぁか」

と言って、笑った。いいからとにかく座れ。兄さんたちがなぜこんな所まで来たのだろうと思っていたが、霊感を持っていたからなのか、と、言われたらしかった。老婆も巫女《みこ》か霊媒だったのだろう。

「そんじゃあ、まんつ、武志のヤツぁおどすた《死んだ》な？　黒仏ぁ持ぢ出して無事なはずがねじゃ」

「教えてくれ。頼む。困っているんだ」

と、赤バッジも言った。怜の腕に手を置いて、席に着くよう促してくる。座ると老婆は最初の老人に目配せをした。話してやれと言っているのだ。

「あのな……」

と、老人は自分の顎に手を置いた。中では彼が年若で、標準語を喋ってくれる。

「わしも、婆さまも、本当のとごはわかんねえ。アレはわしらが生まれるずっと前から村に伝わるモノだから。真っ黒い見た目で『黒仏さん』と呼ばれていたが、若者が肝試しに

行くような……まあ……誰も近づきたがらねえ場所で。村ではお社《やしろ》の在処《ありか》を秘密にしておったんだが、わしらはみんな知ってたさ。知っていたけど知らない振りをしていたじゃ」

「二階堂家が代々世話をしとったじゃ。やり方も二階堂の家の者しかわからねじゃ。うちの爺さまはエビスさんだと言ってたけども、普通のエビスさんじゃなくて、おっかねえほうのエビスさんだから、近づくと耳を喰われるぞと……まんつホントに耳を喰われて死んだもんもおったって話じゃ」

怜と赤バッジは視線を交わした。

「二階堂家は栄えて大きな家だった。代々医者をしておったから、遠くの村や町からも人がたくさん訪ねてきた。病気やお産の相談もあったけれども……そうだな、仕事の相談なんかが多かったと思う。東京から役人が来ることも、大阪から商人が来ることも……あと、学者先生が来たこともあったげが、その先生は追い返したと聞いている。行けば必ず御利益《ごりやく》があるってんで、客が絶えることたぁねかったじゃ」

「村はずっぱど焼けだけど、黒仏は山にいたから焼けねがったじゃ」

「二階堂家を訪れる相談者たちは、黒仏を拝みに来ていたわけじゃないってことか？」

赤バッジが訊くと、

「いんにゃ」

と一同は首を左右に振った。

「アレは山の祠に祀られてたし、山には誰も行かねえし」

「屋敷の離れに祭壇があってよ、客を屋敷に泊まらせて、それで当主が話を聞くんだ。そこまでしかわかんねえ」

「火事のあと二階堂家は再建されなかったんですか」

「無理だべ。武志を除いて一族みんな、分家の果てまで焼け死んだからな」

「恐ろすもっこ拝んで罰当たったべさ」

「武志のトボゲが生き残っても、なじょすることもできねえべ」

「みんなも次々村を下りたじゃ」

「黒仏は？」

「そのまだ」

「村がなくなって、誰が管理をしていたんですか？」

「誰もいね」

　と、老婆が言った。

「アレは小汚ねぇ『もっこ』だすけ、二階堂家でねば、なんともできね」

「言い伝えがあってな」

　老人が口火を切ると、ほかの者たちも頷いた。

「ガキんころに一度だけ、祠バ見に行っだことさある。年寄りからは『黒仏は見ちゃなんね。見れば向こうもこっちバ見るケ、目ぇが光れば逃げられねえど』と言われてたもんで、お堂を覗《のぞ》ぐときはこう、両手で目ぇを押さえでな、指の隙間からそーっと……」

老人はその様子を再現した。

「何が見えたべ?」

ほかの者が訊くと、

「真っ黒でひとつ目の、おっかねえ感じのモノじゃった」

と、彼は答えた。

「腐ったような臭いがしてな。恐ろすぐてションベン漏らしそうになって、逃げで帰ぇった。それ以来、一度もあそこに近づいてねえ」

真っ黒でひとつ目の、おっかねえ感じのモノ。額の石が目に見えたのだ。

「お堂の場所を教えてください」

彼らは互いに顔を見合わせていたが、怜が、

「お願いします」

と、もう一押しすると、山の崖下《がけした》にあるという洞窟《どうくつ》の場所を教えてくれた。

「兄さんたづは、アレばお堂に戻す気か?」

車椅子の老婆が訊いた。

どうするべきか、どうするのが正解なのか、考えはまだまとまっていない。怜らが無言

でいると、老婆は努《つと》めて標準語で言った。

「二階堂の家で世話になった者らはよ……みな、ほっかむりして帰ぇるじゃ」

そして、頭のてっぺんから手ぬぐいを巻いて、顎の下で縛る素振りをした。何を言おうとしているのか、サッパリ理解ができずにいると、

「帰ぇさんでけろ」

と、誰かが言った。

「もっこはもっこ呼ばさるからな。持ち帰らずに燃やしてけろ」

その場にいた老人たちが、同じ目をしてこちらを見ていた。

怜が答えに窮していると、

「現場を調べて考える」

と、赤バッジが即座に言った。

「いずれにしても悪いようにはしないつもりだ。ありがとう。邪魔したな」

車椅子の老婆の肩に手を置いて、

「婆さん、達者でいろよ」

甘いテノールで赤バッジは囁いた。

目の悪い老婆はその声に耳を傾け、やがて、両手を合わせて拝み始めた。

施設の庭で待たせておいたタクシーに飛び乗ると、種山高原にあるという道の駅と、それより手前の神社を検索してもらった。カーナビには神社のマークが出たが、周囲に道らしきものはない。そこから先は徒歩で行くほかないと覚悟を決めて、神社まで運んでほしいと運転手に頼む。車が走り始めると、バスターミナル食堂のおばちゃんたちが言っていたとおりに、それは一本道の街道だった。片側が山肌で、もう片側は道路下に生える木々の先端、という道がどこまでも続き、前方には別の山が横たわっていた。天気のよい日で、車道に森の影が落ち、景色の隙間に覗く空は青かった。

道の駅より下に神社があると聞いていたものの、時折覗くカーナビの地図で、神社はむしろ町を出てすぐの場所にあり、先に小さな集落がひとつ存在していることもわかった。

「何にもないところですがねえ」

と、運転手は言う。無名の神社にタクシーで乗り付けたいという客の気持ちがわからないのだろう。

走り始めて数分、道路脇に小さな鳥居が見えてきた。

町と山の境を守る道切の神社に思われた。

その場所でタクシーを降りて、車を返した。境内《けいだい》と言えるほどの敷地もなくて、鳥居は道路すれすれにあり、わずか奥まった場所に祠があって、傍《かたわ》らに巨大な杉が何本かそびえていた。傾いだ鳥居も、奥にある小さな祠も木造で、色はなく、とても簡素な造りであった。祠の扉は閉ざされていて、中は見えない。祭事用の保管庫なのか、脇には別の小屋があり、小屋の裏から細い道が笹藪《ささやぶ》の中へと延びていた。地面に草が生え出して、敷地の外では丈《たけ》高く茂り、木陰《こかげ》で虫の鳴く声がした。

「この先か」

赤バッジは山を見上げてため息を吐いた。

怜はラフな格好にスニーカー履きだが、赤バッジはスーツに革靴という出で立ちだ。

「その靴で大丈夫ですか」

と、訊くと、苦笑混じりにこう言った。

「ま。俺は人間の部分が半分しかねえから、なんとかなるさ」

笑えない冗談だと思う。

境内のわずかな敷地に撒《ま》かれた砂利を踏み、怜らは山に入っていく。時刻はまだ昼前で、サヤサヤと吹く風が心地よかった。

しばらくは獣道ほどの道が続いて草の踏みしだかれた跡もあったが、やがて地面は笹藪に侵食されて、どこを歩けばいいのかわからなくなった。仕方なく藪に分け入って斜面を上へと進んで行くと、赤バッジがかき分けた枝が、戻る勢いで怜の目を直撃しそうになるので間隔を空けた。だが、マゴマゴしていると笹が濃すぎて背中を見失いそうになる。

「ついてきてるか？」

と、赤バッジが訊いた。

「ここにいます。それにしても……」

装備もなしに山に入ったのは迂闊だったと思ったが、喋れば体力を消耗するので黙っていた。ザク、ザク、二人の足音が斜面に響き、時折背負っているリュックに枝が絡んで引き留められた。どこかで山が鳴っている。鳥の声か、虫なのか、それとも木々が発する音なのか、草の匂いと風に全身をなぶられているうちに、山という異界に迷い込んでいくようだ。草むらから粉のように虫が湧き、神鈴がポシェットで飼っている虫たちのことを思い出す。神鈴さんはX線検査をしたろうか。土門班長は奈良に着いたかな。警視正の外れた顎はどうなったろう。そういえば、三婆ズは……。

考えながら歩くこと数十分。二人は不意に藪を抜け、林の中に立っていた。

少し前に赤バッジがいて、足下を見下ろしている。そこには傾いだ石板が数点、地面から顔を覗かせていた。

「廃村に出たようだ――」

と、赤バッジが言った。石板には天蓋《てんがい》や梵字が刻まれている。

「――これはなんだ？　標識か？」

周囲には砕《くだ》けてしまった石もある。道標と呼ぶには薄い石の板だ。

「板碑《いたび》と呼ばれるものだと思います。中世の供養塔ですね。二階堂家のものかもしれない。町でお爺《じい》さんが言ってましたよね、村に残っているのは石ぐらいだと」

「屋敷の基礎と思っていたが……墓石だったか」

そう言って赤バッジは汗を拭った。

「飲み物くらいは買ってくるべきだったな」

そうですね。と、怜も笑う。

林の中には木のない場所や、積み石が長く続いた場所もある。半ば森に還《かえ》ろうとしている空間は、注意深く見ていけば整地の痕跡《こんせき》が今も見分けられるような気がした。遠望すれば林の随所にぺしゃんと潰《つぶ》れ落ちた屋根や、古い洗濯機やタライなどが泥や木の葉に埋もれている。井戸らしきものも見つけたが、中を覗くのはやめておいた。人が暮らした痕跡に白く木漏れ日が差す様は、なぜか胸を締め付けてくる。

「おそらくここがミミソギ村だ……洞窟はまだ先だな」

独り言のように呟いてから、

「歩けるか？」

と、赤バッジは訊いた。

「大丈夫です」

流れる雲が時折太陽の光を遮《さえぎ》る。けれど明るく日が差し込むときは、林にベールが降るかのようだ。蒸《む》すような草の匂いに替わって湿った土の匂いがしている。

熊《くま》が出そうな場所だということにようやく気がついたので、怜は手頃な枝を拾って杖にした。赤バッジが一緒だから身の危険は感じていないが、むしろ熊が心配だ。動物が災難に遭わぬよう、枝で周囲を叩いて音を出す。

廃村の跡地は思ったより広く、村はずれとおぼしき場所には塞ノ神が置かれていた。それより上から『もっこ』が来るのを防いでいたと考えれば、見上げた山肌が不気味に映る。なるほど、そこから先は木々がなく、岩肌に草が張り付くばかりで様相が違った。石ころの細道は、片側に切り立つ崖の上から黒い樹木が覆《おお》い被《かぶ》さって、湿ったコケと、溶けた落ち葉と、古い岩山の匂いがしている。

「極意さん」

その道で、怜は足を止めて空《くう》を見つめた。

「……極意さん」

「どうした?」

と、赤バッジが訊く。

「映像が見えます。残留思念だと思います」

強い思いがその場に染みつき、不出来なビデオ映像のような残像を脳裏に描くことがあり、怜はしばしばそれを見る。眼球に映っているのは山の景色だが、その裏側で脳が過去の出来事を見るのだ。後頭骨《こうとうぶ》からうなじにかけて視覚があるという感じ。音や声、匂いもすべてそこで感じる。

白い装束に身を包んだ男性が三宝を捧《ささ》げ持ってこの道を行く。亀《かめ》の甲羅《こうら》よろしく鉦鼓を背負い、それがチリチリ鳴っている。口元を白い紙で覆っているのは三宝に息をかけないためだ。ならば三宝に載っているのは、神への神聖な捧げ物に違いない。なんだろう。布がかかっていて見えないが、さほど大きなものではない。

男性の後ろから十四、五歳に見える少年が一人ついていく。この者も白い装束を着て、俯き加減に歩いている。チリ……チリ……と鉦鼓が鳴った。ザリリ……ザリリ……と足音がする。その行く先を怜は見上げ、件の洞窟が近いと知った。

「あっちです」

怜は赤バッジの前に出た。崖下の細道はその先でカーブして、岩山を回り込むかたちで裏側へと続いている。道は崖に張り付く程度の細さになって、そこで崖がえぐれている。庇《ひさし》のように突き出た一枚岩の下に穴があるのだ。

「洞窟です。洞窟というか、岩屋というか」

幅十二メートル、奥行き六メートルほどの岩屋である。入口の天井高は三メートルほど。人が手を加えた形跡はなく、壁面は剝き出しの岩盤だ。内部へ入ると、空気は三度ほども低かった。足下に朽ちた注連縄《しめなわ》が落ちている。さらには酷《ひど》い臭いもしている。森の香りを腐敗臭が押しのけ、体にまつわりつく湿り気がベタつくほどだ。

赤バッジは怜の脇に立ち、手の甲で自分の鼻を押さえた。

「……ひでえな」

小汚いオバケだ、と老婆は言った。仏像でも神でもなくてオバケだと。二階堂家の者以外、誰も世話などできないと。ここはオバケの気配が充満している。それが危機感を煽ってきて、立っているだけで恐怖を感じる。岩の天井に水がしみ出し、表面がぬらぬらと光っている。水は赤茶色に見え、腐った藻の臭いがする。

岩屋の入口に鳥居があったが、倒壊して地面に落ちていた。岩屋内部は術者が通る道以外に小石を積み上げ、賽《さい》の河原《かわら》のような景観を演出してある。岩屋の奥には正方形の箱があり、それが祠のようだった。正面を格子窓にして鈴を下げ、無数のお札で塞いでいる。

その窓が、今は開きっぱなしになっていた。

箱の前には祭壇があり、ロウソクを灯《とも》した形跡がある。幻視した三宝などはなく、ロウソクは溶けたアイスクリームのように祭壇を汚していた。

「ここに黒仏があったんですね」

主を失った箱は野犬に襲われたあとの鶏《にわとり》小屋みたいだ。恐怖と惨劇の気配だけが、うつろに張り付いているにすぎない。

「二階堂家は……ここで何をしていやがった?」

赤バッジが低く呻《うめ》いた。

岩屋に残る気配は黒魔術のそれに似ている。神聖な空気は微塵もなくて、悪意ばかりがわだかまっている。普通のエビスではなく怖いほう、老人がそう言った理由がわかる。

怜は祭壇を回り込んで祠の前に立ってみた。祠は怜より背が低く、幅も二メートルに届かない。造作も単純で、まさしく箱形。鶏小屋と言っていいくらい粗末《そまつ》な感じだ。

やっぱりだ、社じゃなくて檻なんだ。

腰をかがめてひざまずき、格子の窓を全開にした。

内部も造作のない箱で、台座だけが残されていた。けれどもさらに体をかがめて天井を見たとき、怜はそこに、見慣れたマークが描かれているのに気がついた。

「極意さん、見てください」

赤バッジは岩屋の入口から怜を見守っていたが、呼ばれると厭そうに舌打ちをした。

「んだよ……ったく」

「天井に妙なマークが描かれています。ミカヅチ班の扉に出てくる模様と似ている」

「どの模様だよ。んなのは毎日変わってるじゃねえか」

ザクザクと石を蹴散《けち》らしながら近づいてくると、赤バッジは怜の背中に寄りかかり、肩越しに見上げて、

「……ああ」

と、言った。

「確かに似てるな。本庁の建物のかたちと……ん？」

背の高い赤バッジは、空の台座を見下ろして言う。

「台座にも何か描いてあるぞ」

スマホのライトで照らしてみると、たしかに奇妙なマークが刻まれていた。

「どういうことだ？」

上下を見比べて首を傾げる。

「ちょっと待ってください」

怜はやおらリュックを下ろし、大学ノートを引っ張り出した。ミカヅチ班の扉に浮かぶ奇妙な模様を記録しているノートである。頻繁に浮き出す『サ』のページを開いて天井の模様と比べると、梵字の部分が同じであった。

「毎日記録に取ってんのかよ」

と、赤バッジが訊いた。真面目だなと褒められるかと思ったのに、

「ヒマだな」

と、笑われたのでムッとした。

怜は上下の模様をスマホに撮ると、不穏な岩屋の外で土門に送った。

「同じ画像を神鈴にも送ってくれ。X線検査ができたかどうか電話で訊くから、ついでに

これまでのことを報告しておく」

赤バッジは自分のスマホで電話した。

「山奥ですけど電波は届きそうですか？」

「バーカ。警察官専用の特殊回線があるんだよ。おまえも班長に状況をメールしとけよ……あ、神鈴か？　俺だ。いまヤスダが写真を送ったからな。ブツが入ってた祠の写真だ。思ったとおり二階堂武志が無断でブツを持ち出していたようだ。祠の上下に奇妙なしるしがあったんで、ヤスダがそっちへ写真を送る……あ？　抜かりはねえよ。同じ画像を先に班長に送信してるし……ところでX線はどうなった？」

怜がメールを打っているのに、

「これからだってよ」

と、赤バッジは言う。

「機械を持ち込んで準備中だそうだ。向こうは神鈴とアマネしかいないからな、三婆ズに手伝いを頼んだってよ。リウの婆さんがルビー見たさに承諾したらしい」

そして神鈴にまた言った。

「ブツの保管場所がわかったんで、俺たちはこれから内陸側へ下りて新幹線で戻る。何かわかったら連絡してくれ。ちなみに、廃村に住んでた連中も滅茶苦茶《めちゃくちゃ》アレを恐れているぞ。正体がわかるまでは油断するなよ」

そのとき怜のスマホに着信があった。

「土門班長からメールです」

コメントは端的だった。

──呪《しゅ》ですね──

想像通りの答えだったが、だからこそよけいにゾッとする。

──上下に描かれているのは空と大地です。呪によって空間を創り出し、封印世界で自由に遊ばせていたわけですね。これで確信が持てました。件の像は祀られていたのではなく封印されていたのです。古いだけでなく曰く付きの呪物なのかもしれません──

画面を覗き込んで赤バッジが唸る。

「つまり、アレの正体はなんだ？」

──班長。黒仏とはなんですか？──

怜がそれを打ち込むと、土門は言った。

──ほかの陰陽師にも画像を見てもらいますので、少し時間をいただきますが、わかり次第連絡します。これは、ちょっと、ミカヅチ班が心配になってきました──

よろしくお願いしますと打ち込んで、怜はスマホをポケットに落とした。

そのころ。

警視庁の地下三階にあるミカヅチ班には、小型のX線検査装置キットが運び込まれていた。件の扉に影響を及ぼしかねない黒仏は、証拠品保管用の段ボール箱に入ったまま、塩で結界を張った場所から動かすことができない。土門は箱の周囲にペタペタとお札を貼っていったが、お札は万能ではないし、神鈴も広目も警視正も魔を封印する術を使えない。三婆ズにいたっては霊が見えるだけの一般人だ。

カートに載せて運ばれてきたX線発生器とX線検出器、画像処理装置が適材適所に下ろされる。手伝いを頼まれた三婆ズは神鈴の指示する場所に機械を置きながらも、箱の中身に興味津々という顔だ。

「今じゃこんなもんでレントゲン写真が撮れんの？　はあ、たまげた」

画像処理装置という名のパソコンをテーブルに載せて、小宮山さんが目を丸くする。

「高性能のダゲレオタイプみたいなものだから、機械自体は大きくなくてもかまわないのよ。レントゲン写真だって写す部分は小さいでしょう？」

ケーブルのねじれを直しながら神鈴が言うと、

「ステレオタイプ？」

と、リウさんが訊いた。

「そうではなくダゲレオタイプだ。三婆ズには銀板写真と言ったほうがわかりやすいのではないか。要するに、当てる光と、光が焼き付く部分と、現像した画を見られるところがあればいいわけで、検診車のような箱は必要ないのだ」

「あらぁ、さすが広目ちゃんの説明は、わかりやすいわあ」

リウさんはそう言って、段ボール箱の周りをウロウロ歩いた。

「迂闊に手を触れるなよ」

警視正が忠告する。

「先ほど安田くんから報告がきて、それが持ち出された祠には封印のマークがあったということだからな」

「なあんだ、それじゃ」

軽い感じで小宮山さんが言う。

「その段ボール箱にもさ、同じ封印のマークを描いとけばいいってことじゃねえ？　そうすりゃ、もう安全だろ？」

神鈴と広目は動きを止めた。

「一理あるわね」

「だが、マークはそこそこ複雑だからな、正確に写し取れるとすれば、土門くんか」

「安田くんってことになっちゃうのよね。二人とも今はいないし」

検出器と画像処理装置をケーブルで繋《つな》ぎながら神鈴が言った。

「あらぁ……ドラヤキ坊ちゃんにもマークが描けるの？　修行したのね、すごいわあ」

「安田くんは真面目だし、毎日飽きもせずに扉の模様をスケッチしているから、呪紋を描く技術は確かだと思うわ」

「だけども今はどうしようもないってことだよね」

と、千さんが言う。

「班長は奈良で、赤バッジと新人は岩手。どちらもアクセスが半端なく悪いから、すぐに帰ってくるというわけにはいかない——」

神鈴が繋いだ画像処理装置をセッティングしながら広目も言った。

「——だから剣呑なことにならぬよう、心して検査しなければ」

「本当よね。頼むわよ？」

「だけど、ねえ……これって一千万円のルビーがついてるヤツなんでしょう？　段ボール箱に入っていて見えないと余計に好奇心が刺激されるわぁ。神鈴ちゃんは見たの？　大きなルビー。血のように赤い……ピジョンブラッドのルビーは最高級品なのよ」

「ルビーなんかじゃねくてプラスチックの偽物だろ。百円入れて機械を回して子供が取るヤツと同じじゃねえの？　ゲームセンターに散々あるヤツ」

「そんなわけないわ。古いものだと言ったじゃないの。そんな昔にオモチャの宝石なんかなかったはずよ」

「あったよ」

と、千さんは笑った。

「あたしらが子供のころだって、縁日へ行けば売ってたじゃないか。でっかい宝石がついたチャッチイ指輪が」

「あら……たしかにそうね」

リウさんはとたんに黒仏への興味をなくした。

神鈴が段ボール箱の側面にX線発生器を設置する。箱を挟んだ反対側には検出器をセットして、三婆ズを遠ざけた。X線を照射して検出器で受け取れば、写し出された画像はノートパソコン程度の大きさの装置で確認できるというわけだ。

「さて。何が出るかな」

近くに立ってきて、嬉しそうに警視正が言うと、

「なんだか知らねえが、ろくなもんじゃねえよ」

小宮山さんは断言した。


赤バッジと山を下り始めた怜の許に、土門班長から電話が入った。ちょうど廃村の跡を抜け、草薮の道に突入したころだった。

先を行く赤バッジが着信音を聞いて足を止めたので、怜はスピーカーにセットして、二人の間でスマホを握った。

「安田くん？　土門です」

「はい――」

　と、怜は返事をした。

「――極意さんもここにいて、一緒に話を聞いています」

　いいでしょうと土門は言って、興奮気味に話し始めた。

「最年長の御師《おし》が失われた呪物について聞いたことがあるそうでした。アレがそれだと思われます。古くは平安時代に遡りますが、『裏』と呼ばれた呪術のひとつに、『黒蛭子《くろえびす》』というモノがあったといいます」

「クロエビス……くろぼとけではなく？」

　赤バッジが訊いた。

「エビスといっても事代主神《コトシロヌシ》ではなく水蛭子のほうで、伊邪那岐、伊邪那美が国生みの折りに手順を間違え、『よくない』として流された謎の神です。黒蛭子の力は隠蔽と囁きで、陰謀渦巻く宮中で、己の悪事が露見しないように闇の力を用いた輩がいたのです。それに頼めば敵を陥れるのも悪事の隠蔽も自在と言われ、用いる呪物が黒蛭子です。その作り方がまたおぞましい」

話していると赤バッジのスマホにも着信があった。

「神鈴からだ」

と、彼は言い、やはりスピーカーホンにセットした。

「極意さん、X線の画像が出たわ」

心なしか声が震えている。怜は土門にそれを伝えた。

「神鈴さんからも電話がきました。アレをX線にかけたんです」

赤バッジのスマホから神鈴が言う。

「先ず、額の石は本当にルビーかもしれない。厚みも大きさも相当なものよ。不思議なのは、X線写真なのに光って見えるの。やっぱりすごく気持ちが悪い。それだけじゃなくて、本体は風船みたいに膨らんだ革に人間の耳を詰め込んだものだったのよ。しかもパンパンに!」

続けて土門もこう言った。

「そうなのです。呪物を作るには罪人から背中の皮膚を剝《は》ぎとってなめし、手足を斬られた赤ん坊のかたちに縫い上げて、生きた人間の耳を詰め込んで膠《にかわ》で固め、さらに黒漆を幾重にも塗って、耳のない水蛭子の姿にするのです。悪事が露見しそうなときは生《い》け贄《にえ》の片耳を削いでこれに供え、祈れば証言が齟齬《そご》になります。つまりは、耳を削ぐことで役人、関係者、差配人に術を掛け、耳を塞がせたというわけです」

「筋金入りの呪物じゃないですか」

怜は思わず低く呻いた。神鈴も土門の声を聞いている。土門は続けた。

「この話には続きがあります。アレの額にはめ込まれた石を『目』と呼ぶそうです。二階堂武志は石の価値を知ろうとしましたね？　同じく石に興味を持った古物商の社長は心臓発作で死亡して、銀座署では金に困った刑事が盗もうとして取り憑かれ、上官を射殺して自殺しました。しかし、赤バッジが銀座署へ向かったとき、アレは保管室にあったのに、若い女性警察官は障りを受けていませんでした」

そのとおりだ。障りを被《こうむ》る者とそうでない者がいる。老人たちは何と言ったっけ？

――黒仏は見ちゃなんね。見れば向こうもこっちバ見るケ、目ぇが光れば逃げられねぇど――

そうやって魅入られた者だけが、憑かれて人を殺めていたのだ。

「額の石を『目』と呼ぶわけは、呪物自身が、宝石に目がくらむ相手か、そうでないかを見極めるからです。術では『道』と言いますが、相手に取り憑いて思考を操るためには、先ず扉を開けなければならないのです」

「相手が石に興味を示せば取り憑けるんですね」

「そういうことです。アレを扱う条件はまだあります。依頼者の願掛けが成就した暁には、残っているもう片方の耳を供えてお礼をしないと呪者に祟って無惨に殺す。よって呪者は片耳を削いだ相手を満願成就まで生かしておく必要がありました。あの呪物は正式名称を『囁き蛭子』と言うそうですが、その悪質さゆえに陰陽寮《おんようりょう》に秘して保管されていたものを、明治期に陰陽道の禁止令が出た折りに政府の役人が持ち出して、行方がわからなくなっていたそうです。それがおそらく東北へ渡り、拝み屋の家に買われたのでしょう」

「そうか」

と怜は小さく叫んだ。岩屋へ行く道で幻視したのがそれだったのだ。

どういう経緯か、呪物は明治期になって二階堂家に伝わった。代々医者をしていた家に。二階堂家はそれが穢れた技と知っていたからこそ、呪法を長男だけに受け継がせたんだ。幻視した男の子がそれだろう。苛烈な神を崇《あが》める家は、跡継ぎが十四歳になると引導を渡すと聞いている。神に子供を紹介し、次はこの子が引き継ぎますと挨拶《あいさつ》するのだ。御犬を崇める家では裏山で子供にウサギを殺させる。囁き蛭子の場合は耳を削がせたのかもしれない。彼らが三宝に捧げ持っていたのは、供物となった耳だったんだ。

次々に思い出されてきた。美々蘇木村にいた老人たちは二階堂家を褒めながら、身寄りのない者らの世話をよくしていたと含みのある話し方をした。彼らは黒仏が穢れていることも知っていた。あれは恐ろしいオバケだと。二階堂家には引きも切らずに名士の客があったと言った。真の目的は悪事の隠蔽。客は大枚をはたいて呪物に頼り、術者の二階堂家が生け贄の耳を供えた。だから老婆は言ったのだ。二階堂家で世話になった者たちは、ほつかむりをして耳を隠して出ていくのだと。

冷えた空気に全身を包まれたようにゾッとした。屋敷が焼けて関係者が全員死んだのは、呪物が寿命を迎えたからだ。囁き蛭子は自ら祟りを終えようとしたのに……そのまま岩屋で朽ちようとしていたのに、謂れを知らない二階堂武志が徒にアレを呼び起こし、だからアレは怒り狂った。眠りを妨害したならば、耳をよこせと叫んでいる。

聞き取る耳を奪うことで隠蔽された言霊が荒ぶる。肩にくっついて囁いたのは魔の黒蛭子、隠蔽された怒りの言霊《ことだま》と悪意だったんだ。

「班長。これ、どうしたらいいですか?」

と、神鈴が言った。

「勉強会はまだ終わらないの? ただの画像データなのに、額のルビーがどんどん赤くなってるんだけど……あっ、お札が!」

神鈴が妙な声を出したとき、

「プレゼンテーションは終わりましたので、私はそっちへ戻ります」

と、土門が言った。

「アレの正体を知ったからにはグズグズしてなどいられませんから。今、タクシーで駅へ向かっていますが、それでも七時間くらいは……」

日本で一番危険な場所に、荒ぶる呪物があるなどと、と土門が喋っているときに、

「神鈴、虫だ！」

と、広目が叫ぶ声がした。

「平穏の虫を出せ！　リウさんがヤバい」

「ルビーだわぁーっ、きれいーぃいぃーっ！」

「ちょっとリウさん、さわっちゃダメよ！」

「よしなよ、よしな！　よしなって！」

三婆ズの声がして、「ダメぇ！」と神鈴が悲鳴を上げた。

「何が起きてる」

と、赤バッジがスマホに怒鳴る。

「リウさんがルビーに魅入られちゃったの。いま、広目さんが抱きしめて……」

「聞こえるわ。聞こえる……耳が欲しいと言ってるわ」

「だからほれ、近寄っちゃなんねえと言ってんだろうが」

「小宮山さん、塩だよ、塩！　違うよ、リウさんに撒くんだよ」

「俺ごと塩漬けにしてかまわないから早くやれ！」

「扉が動くぞ、神鈴くん、お札を貼るんだ！」

警視正の声がした直後、

「極意さん！　安田くん！」

神鈴の悲鳴で電話が切れた。

どこかで呑気に鳥が鳴く。

草薮を風が通り抜け、怜と赤バッジは顔を見合わせた。

其の六　種山ヶ原境の辻

ほんの数秒だったと思う。東京のミカヅチ班で異常事態が起きたらしきことを五感に感じて、怜と赤バッジは金縛りに遭ったように硬直した。

先に動いたのは赤バッジで、再度神鈴に電話をかけたが、彼女は応答しなかった。広目にかけても同様だ。その間に、怜は土門に呼びかけた。

「班長、まだつながっていますか？」

土門も応答しなかった。

「クソ！　どうなってやがる」

赤バッジが吐き捨てる。

怜は再度土門にかけた。ああ、よかった、つながった。

「すみません。運転手さんに細かい指示を出すために、一度電話を切りました」

「本部で何かが起きました。緊急事態です」

「それは困りました」

と、土門は深く呼吸して、

「ただ、何が起きたとしても、あの部屋から外へは広がりませんから――」

と、頓珍漢《とんちんかん》なことを答えた。

「――そのためのセキュリティです」

「バカ言ってんじゃねえぞ」

赤バッジが吠える。

「俺がアレを持ち込んだせいで、連中は、どうなってんだよ！　教えろ、このタコ」

土門は答えず沈黙したままだ。

ミカヅチ班に迎えられるとき、『保全と事務と清掃』の仕事に命を賭《と》す側面があることは知らされていた。でも、だからって……一秒程度間を置いてから、極めて冷静な声で土門が言った。

「気持ちはわかりますが、私は奈良に、赤バッジと安田くんは岩手にいます。我らが東京に戻るころにはすべて終わっているでしょう」

語尾だけが微かに震えていた。

絶望が、もの凄《すご》い速さで、足下から全身へと襲いかかってきた。部屋にはミカヅチのメンバーだけでなく三婆ズもいるのだ。バンソウコウを貼った警視正の顔が脳裏に浮かんで、怜はブルブル震え始めた。

アレのせいで仲間を失う。

あんなもののせいでミカヅチを失う。

そんなことがあってはならない。考えろ、考えるんだ。赤バッジの体から悪魔の臭いが立ち上る。それに気付いたとき、怜は言った。

「土門さん！　岩手にある境の辻を教えてください。そこを通れば瞬時に戻れる」

赤バッジが振り返り、期待を込めた目で怜を見つめた。

「封印の呪形は理解しました。戻ってそれを描き記し、アレを再び封印します」

「そうか……そうだな」

と、赤バッジは呟き、

「班長！」

と、スマホに怒鳴った。

「教えてくれ！　頼む！」

土門は言った。

「確かにそれなら瞬時でしょう。ただ安田くんは光を発しますから、その光に有象無象が引きつけられる。また、冥界《めいかい》には道しるべがありません。広目くんが一緒ならともかく、どうやってミカヅチ班の場所を知るつもりですか?」

「四の五の言ってるヒマはねえ! 教えろってんだよ! 早くしろ!」

赤バッジは額から角を生やしかけている。

「ぼくなら前にも一度入っています。だから教えてください、お願いします」

ため息の後で土門は言った。

「陰陽師界隈《かいわい》では、岩手の境の辻が種山ヶ原にあると伝えています。人首丸《ひとかべ》が坂上田村《さかのうえのたむら》麻呂《まろ》と戦って敗れた場所です」

「近いぞ」

赤バッジはガッツポーズを作った。

「いいですか? ならばそこへ行って道切の秘法を探してください。境の辻がある場所では必ず道が切られています。神社境内にある迷塚《まよいづか》のように管理者がいない場所ですからね、塞ノ神や石碑など、普遍的な何かで辻を封印してあるはずです。それを見つけて封印を解き、そこから幽世へ入るのです」

わかりましたと答える前に、怜は脇腹を赤バッジに抱えられて走り出していた。赤バッジは猛々《たけだけ》しく筋骨を剝き出した悪魔の姿に変じ、恐れて森から鳥が逃げ飛び、草藪までが二つに分かれ、風で呼吸が止まるほどの速さで山を駆けていた。必死に耳に押しつけているスマホの向こうで、土門が、

「あともうひとつ、大事なことを」

と、話し続ける。

「あれに立ち向かうときは必ず耳栓をしてください。囁きで操られることがないように」

耳栓、耳栓、藪や小枝に全身を叩かれながら怜は考え、計画を練る。そして一分も経たないうちに、二人は種山ヶ原の山頂近くに到着していた。

それはだだっ広い草原で、青空の下に緩やかな稜線《りょうせん》を持つ丘が重なり、吹く風が波のように草を揺らしていた。赤バッジは怜を草原に置くと、波に潜って辻を探した。あまりに高速で動くので、なぎ倒された草が戻るより早く次の草が倒れて、丘全体が苦悶《くもん》しているかのようだった。怜は草の穂先をちぎり、小さく丸めて草で縛った。いくつか作ってポケットに入れ、赤バッジの帰りを待っていると、彼はおぞましい姿で戻って、

「見つけたぞ」

と、短く言った。

抱かれて宙に飛んだ瞬間、裂けたような形状の岩が突き出た場所に着地する。自然石に見えるが、地面近くにうっすらと道切の呪印が彫られている。赤バッジが岩をどかすために取り付いたので、怜は慌てた。

「投げ飛ばさないで！　そのままで！　ぼくらが入ったら塞ぎますから。開けっぱなしに

しておくと有象無象が出てきてしまう」

「それならどうする」

岩に抱きついたままで赤バッジが訊く。怜は手近な石を拾って言った。

「少しだけ持ち上げてください。小石を噛ませて、その隙間から行きましょう」

「隙間に体が入るかよ」

「入ります」

境の辻は指ほどの隙間だ。赤バッジが岩を持ち上げたので、怜は素早く石を噛ませた。そこで空間が歪んでいるのだ。こちら世界ではギリギリと、岩が石を砕く音がしている。ぼくらが通れば間もなく石は砕けるだろう。

「行きますよ」

今度は怜が赤バッジの腕を取り、瞬きする間に境の辻に吸い込まれていった。


初めに遭うのはハリケーンのような電磁波の渦だ。体は一歩も動いてないのに、空間の歪みが激しく襲い、肉体が分子レベルに解体されていく。さすがの赤バッジも両腕で顔を覆って、悪魔から人間に戻ってしまった。幽世へ迷い込むのが二度目の怜は、長く感じる衝撃が瞬間にも満たないものだと知っている。ここでは時間も空間も一緒くたになって、たとえ東京のミカヅチ班がとんでもない結果を迎えていようと、騒ぎが起きた瞬間に戻れるはずだと自分に言った。そうでなければぼくが班に来た意味がない。

少しずつ息をしながら、分子になった体や思考が再び『自分』に返るのを待つ。

怜が先に意識を得ると、脇の赤バッジを見上げて訊いた。

「大丈夫ですか？」

赤バッジはようやく目を開け、周囲を見回して低く唸った。

「これが幽世……冥界なのか」

初めて見る顔色だ。赤バッジは真っ青になっていた。

辻はあらゆる世界が重なるところだ。生身のまま存在できるような場所ではないから、全身に痛みを感じて心拍数が上がり、呼吸が肺を激しく刺すし、腹の調子もおかしくなる。上下もなければ左右もなく、奥行きも質量も感じない。そこを光の筋が行き過ぎていく。瞬時に千里を駆ける魂の光だ。

「動けば危険と言われても、動かなければ帰れません」

赤バッジの瞳を見据えて怜は言った。

「多層界になっているんです。それぞれの世界の境の辻から間もなく有象無象がやって来る。光を求めて……霊魂の光は速すぎるから、ぼくの光に吸い寄せられる。行かないと」

「どっちへだよ」

と、赤バッジは訊いた。

「東京はどっちだ」

「わかりません」

「は？ それじゃ意味ねえじゃねえか！」

怜は赤バッジの両手を両手で摑んだ。そのままグッと目を閉じる。

「なにやってんだ」

「シッ……静かに……」

全霊で耳を澄ませて、音ではない音を聞く。こんな世界でもただひとつ、信頼が置けると怜が思う霊の声だ。すべての始まりがその声だった。その声が警視正の首を刎ね、ミカヅチ班と自分を結び付けたのだ。俯いて、赤バッジの手をきつく握って、嵐《あらし》のような電磁波と迫り来る怪物たちの雄叫《おたけ》びの奥から怜は訊いた。

──時が来る……そのときが来るぞ……──

「あっちです！」

叫んで一歩を踏み出したとき、丸吞みしようと襲いかかってきた有象無象を赤バッジが一撃で蹴《け》り飛《と》ばした。

「あっち、いえ、こっちです！」

声がする。怜は件の声を目指して走った。赤バッジの手を摑んだままで、決してはぐれないようにして。上下左右のない空間は、頭上にも左右にも足の下にも世界が広がる。

所々に現れる光の柱は境の辻だ。

「光の柱を見ていてください。あれは柱ではなく境の辻で、世界中の現実世界とつながっています」

「ベトベト足にくっついてくるのはなんだ」

「有象無象です。取り込まれるとやっかいなので」

「クソ！　ばっちいな」

赤バッジはまたしてもそれを蹴り上げた。あの粘着質を振り払えるなんて、やっぱすごいなと怜は思い、そのとき前方の隙間に真理明の姿を確認した。赤バッジもそれに気付いて一瞬動きが遅くなる。怜はグイと手を引いた。立ち止まれば帰れない。それは悪魔憑きでも同じこと。また走り出したとき赤バッジは言った。

「よかった……少し顔色がよくなった」

――来るぞ……時が来る……そのときが……――

「こっちです！」

「おう」

赤バッジは答えて怜を抱き上げた。

「俺のほうが早く走れる、どっちだ」

怜は片腕を赤バッジの背中に回し、もう片方の手をポケットに入れて、草の塊を確かめた。

「あそこです。赤い隙間が見えますか？　東京です」

赤バッジがダッシュしたときだった。ひしめく有象無象すら消し去るほどの、もの凄い声で、何かが吠えた。幽世を震わせるその声は落雷のように赤バッジを打ち、彼は足を止めて唸り声のほうを振り返る。

「極意さん！」

怜は叫んで隙間を指した。

「急がないと辻が消える」

頰に触れ、強引に行くべき先へと顔を向けさせる。

そうじゃない。怜は彼が見るのを恐れたのだ。あれは地獄の犬の声。鷲《わし》と狒々《ひひ》、獅子のような犬の三つ首を持ち、体は黒く燃え立つ瘴気で、サソリの尻尾《しっぽ》がついている。契約者を食い殺し、魂を煉獄へ運ぶ悪魔の使者だ。犬が苦手な赤バッジに、そのおぞましい姿を見せたくはない。

「極意さん」

もう一度呼ぶと、赤バッジは腰をかがめた。

そして一足飛びに赤い隙間へ飛び込んだ。

怜は床に叩きつけられ、そのまま滑って、なにか固いものにぶつかって止まった。自分を抱いていたはずの赤バッジも近くに倒れ、ドロドロの有象無象を体に貼り付けたまま、打ち付けた頭をさすっている。怜は素早く赤バッジに飛びかかり、ポケットに入れていた草の塊を片方の耳に押し込んだ。もうひとつを手に握らせて、自分も草で両耳を塞ぐ。二人はミカヅチ班の扉を通って、班の部屋に飛び出したのだ。

「やれぇ……やるのだ……」

と、声がしていた。立ち上がって周囲を見ると、デスクに仁王立ちになって警視正が叫んでいた。広い室内に真っ黒な煙が充満し、神鈴が千さんに馬乗りになって両耳をちぎり取ろうとしていた。愛用のポシェットは口が開いたままで、中空に無数の虫が湧き出している。それらが小宮山さんにくっついて、彼女は床を転げ回っていた。

「バカヤロウ、バカヤロウ」

あの屋《や》の女房は腹黒い……卑しくて心が腐っている。お為《ため》ごかしで言うことは、すべて心と正反対。それに気付かぬ輩は馬鹿《ばか》だ、いずれ罰が当たるだろう。当たればいい……ブンブンと言霊が宙を飛んでいる。土門が貼ったお札は千切れ、結界の塩は無惨に散らばり、箱に入っていたはずの囁き蛭子はどこにもいない。

箱の近くに広目が倒れて、両耳を塞いで悶絶《もんぜつ》していた。

「アマネ!」

叫んで赤バッジは広目に近寄り、抱き起こして怜を振り返る。

「耳栓をよこせ」

種山ヶ原の草を受け取ると、髪をかき分けて耳に押し込み、彼の頬を平手で打った。

「しっかりしろ！」

「名前で呼ぶなと、何度言ったら……」

喘《あえ》ぎながらも言ったので、彼が正気に戻ったとわかった。

「きいいいいいーっ！」

そのときだ。奇声を上げながらリウさんが、包丁を振りかざして給湯室を飛び出してきた。白髪を振り乱す有様《ありさま》は鬼婆《おにばば》のようで、肩に黒蛭子が張り付いている。それは瘴気を吐き出しながら赤バッジと広目に襲いかかってきた。咄嗟に反撃しそうになった赤バッジを押し倒し、広目はすんでの所で刃をかわした。

「バカ！　ご老体だぞ、殺すつもりか」

「よこせぇ、耳をよこせぇ」

リウさんの目が赤く光っている。振り向きざま包丁を振り上げて、広目に切りつけるのを赤バッジが庇った。背中を切られた赤バッジは、老女の腕を摑んで怜に叫んだ。

「ヤスダーっ、なんとかしろーっ！」

なんとかしろって言われても、草の耳栓はもうないし……怜はあたりを見回して、土門のデスクに置かれたサロンプスに気がついた。

「ドラヤキ坊ちゃん、耳くれよ」

いつの間にか背後に立っていた小宮山さんが抱きついてくるのを椅子で押し戻し、怜は警視正のデスクに近づくと、頭蓋骨の耳にサロンプスを貼り付けた。

とたんに警視正は正気に戻り、デスクの上から指令を出した。

「祓物だ！　持ってきてリウさんにかけろ！」

赤バッジが備品庫へ走り、広目はリウさんを抱き留めた。それでも間断なく包丁を振り回すので、怜は千さんに馬乗りになっている神鈴に近づき、後ろから神鈴の両耳を塞いだ。指の隙間から大声で、

「虫！　虫を黒仏に！」

叫ぶと神鈴は二本の指で空を斬り、その先をリウさんの肩口へ向けた。ザザザザザ……と、凄まじい音を立て、砂のような虫が宙をゆく。それは広目の耳を切ろうとした包丁をたたき落として、リウさんの肩にいる黒仏に群がった。ブブブブブ……ザザザザ……黒仏の囁きを虫の羽音が妨害している。

「あらいやだ。あたし、神鈴ちゃんの耳が大福に見えてたよ」

床に起き上がって千さんが言う。

「私もよ。なにか美味しいものに見えたの」

千さんの縮れっ毛は爆発したみたいになり、お掃除服はよれよれだ。

「とりあえずこれを両方の耳に貼ってください」

怜はサロンプスを神鈴と千さんに渡した。備品庫から赤バッジが飛び出してきて、悶絶するリウさんと、彼女を押さえ込んでいる広目に御神酒《おみき》を振りまく。

「きゃあ」

とリウさんが叫んだところで、さらに塩が振りかけられた。虫だらけになった何かがコロンと外れ、床に落ちたところで警視正が言った。

「結界を張れ！」

素早く黒仏の周囲に塩の線を引いたのは小宮山さんだった。どこで正気に戻ったのか、長い雑巾《ぞうきん》でほっかむりをして、茶色くて大きな袋からドサドサと塩を撒いていく。それが黒仏を囲み終わったとたん、黒煙のように空間を侵していた負の言霊が消失した。

「ああやれやれ」

ストンと尻餅《しりもち》をついて小宮山さんは汗を拭い、怜らはサロンプスや草の耳栓を外した。

「あらぁ、広目ちゃん」

リウさんは広目の腕の中で正気に戻り、

「わたくしは人妻だけど、でも、広目ちゃんがいいのなら……」

広目は一言も喋っていないが、リウさんは胸に体を預けて頬を赤らめている。リウさん

はその目を酒と塩でベトベトになった広目の長い髪に向け、

「どうしたの？　お酒臭いわ。それにしょっぱい」

「とりあえずは無事でよかった……俺としたことが……けっこう焦った……」

広目はリウさんを放して髪を掻き上げ、手探りで椅子を引き寄せてそこに座った。

満身創痍《そうい》という感じであった。

「全員無事か」

まだサロンプスを貼ったままの警視正が訊いたとき、仲間たちは一斉に、

「はい」

と答えた。怜のポケットでスマホが震え、耳に当てると、

「無事ですか？」

と、心配そうな土門の声がした。

「ようやく駅に着きました。新幹線には三十分ほどで乗れそうですが、仮押さえの封印は長く持ちませんから、箱など探して上下に呪紋を描き記し、ブツをそこへ納めてください。私が戻るまでは、それでなんとかなるでしょう」

何かあってもミカヅチ班から外には障りが出ないと言っていたくせに、土門の声には切羽詰まった感じがあった。全員無事でしたと伝えるのを、怜はわざと数秒遅らせた。

警視正が死んで、生きた人間の責任者となってしまった土門は、相当の覚悟をしている

はずで、その気持ちはわかっているつもりだけれど、やはりちょっとは心配させたかったのだ。

全員無事ではあるけれど、仲間たちは疲弊していた。部屋はレイアウトがぐしゃぐしゃで、書類は床に散らばっており、お掃除カートはひっくり返って、テーブルや椅子は横倒しになり、巻き散らされた塩とお札と段ボール箱の切れ端《きはし》がそこいら中を汚していた。件の扉から立っている場所まで、赤バッジと怜が体にくっつけてきた有象無象のヘドロが飛び散り、凄まじい悪臭を放っていた。御神酒の匂いがそれに混じって、噎《む》せ返《かえ》るほど臭かった。

「ああ……こりゃ……お掃除しがいのある様子になったもんだね」

と、千さんが言った。

「だからおれが言ったじゃねえか。金や宝石に目がくらんで、いいことなんて何ひとつねえんだよ。ババアになったら宝石じゃなく、智恵《ちえ》と徳とを集めるもんだ」

「でも、きれいなものには惹かれるわ。みんなそうでしょ」

「確かにすごくきれいだったもの、私はリウさんの気持ちもわかるわ」

神鈴が彼女を庇って言った。

「あれは『目』と呼ばれるものだと班長が言ってたぞ。あれをエサにして取り憑く相手を選ぶんだよ。チョウチンアンコウの提灯《ちょうちん》と同じじゃねえか。リウの婆さんはアンコウ食った後で提灯もらって嬉しいか？」

「嬉しくないわよ。魚の死骸《しがい》の一部なんて」

「だろ？」

と、赤バッジは笑う。

「黒仏の目も同じだよ。石は祟りと抱き合わせ。リウの婆さんはさっき……」

広目にチラリと目をやって、赤バッジは頭を掻いた。彼女が広目の耳を切ろうとしたことは、言わずにおいてやるようだ。

「なによぅ。わたくしだって別に欲しいと思ったわけじゃないのよ？　ただ、きれいだなあと思っただけよ。こんなおぞましいモノとは知らなかったんだから仕方ないでしょ」

「それはともかく、早ぇとこ、こいつをなんとかせんじゃ。また暴れ出したら大変だ」

と、小宮山さんが言った。

「塩はもうねえからさ。倉庫から持ってきとかんじゃ」

神鈴が茶色い大袋を見下ろして、

「それにしても、よくもこんなに塩があったわね」

と言うと、

「神鈴ちゃんは知らないの？　塩は万能のお掃除グッズなのよ」

リウさんが胸を張った。

「絨毯《じゅうたん》の汚れに使うんだよ。ほれ、偉い人が使うモケモケした床の部屋があるだろ？あれは埃や汚れが取りにくくてさ、そういう場合に塩撒いて、掃除機で吸うときれいになるんだよ。ムカついて塩撒いてもさ、相手にはわからねえしな」

そう言って小宮山さんはガハハと笑う。

「フローリングやドアノブの手垢《てあか》、排水口のぬめりまで、なんでも落とせて便利よぅ。薬品じゃないから子供や病人にも安心でしょう？」

「漬物に使うだけが能じゃあねえよ」

その塩で作った結界は、あまり長く持たないと土門は言った。

「土門班長はまだ新幹線に乗ってもいません。戻るまでの間、呪紋を描いた箱などでアレを封印するようにと。呪紋はぼくが描けると思います」

怜は警視正にそう言った。

「でも箱は……」

銀座署から持ってきた段ボール箱は粉々になって跡形もない。

「私が災害グッズの保管庫へ行って探してくるわ。その間に、安田くんは紙に呪紋を描いておいてよ。箱にそれを貼り付けて、中にアレを入れましょう」

「それがよかろう」

警視正が許可したので、幽世を通過したことで最も全身に穢れを纏った怜と赤バッジが最初にシャワー室へ飛び込んだ。穢れた体で呪紋を描くことはできないからだ。汗とヘドロをきれいに流し、真水を飲んで体内を洗い、シャワーブースを出ようと仕切り板を開けると、目の前にリウさんが立っていたので、怜は、

「ぎゃ」

と、叫んでタオルで隠した。

「あらぁ、遠慮することないのに」

リウさんは赤バッジと怜が床に持ち込んだヘドロを掃除してくれていたのだった。

「穢れは外へ持ち出せないから、わたくしたちもお掃除のあとでお風呂《ふろ》に入らせていただくわ。それまでに、お部屋をきれいにしておかないとね」

「じゃ、ぼくも手伝います」

タオルを腰に巻いてから言うと、リウさんはまだ洗っている赤バッジのほうをチラチラ見ながら、

「けっこうよ」

と、即座に言った。

「京介ちゃんが出てきたら背中の傷の手当てもしないと……あれ、痛くないのかしらね」

自分が切りつけたことは覚えていないようだった。

「でも筋肉質の背中ってステキ……このお部屋は特にゆっくりお掃除するわ。広目ちゃんも使うでしょ?」

なるほど。それまで部屋を出ていかないつもりだ。赤バッジがシャワーを終えて豪快に仕切り板を開けたとき、リウさんはもう怜に背中を向けていた。

「ぎゃあーっ」

赤バッジの悲鳴に笑いを堪《こら》えて、怜はロッカーのほうへと移動した。早く支度《したく》を調えて、みんなにお茶を淹れてあげよう。

お茶に魔を払う力があることはここに来るまで知らなかったが、今では無視できない作法となった。給湯室で湯を沸かしながら部屋を覗くと、神鈴が千さんと小宮山さんを手伝って、室内はあらかた片付いていた。

床にあるのは塩漬けにされた黒仏のみで、塩の山のてっぺんにもお札が置かれ、その脇で線香が煙の筋をひいていた。

「安田くん。禊《みそぎ》を終えたら祓物の棚に土門さんがお札に使う紙があるから、それに呪紋を描いてちょうだい。画像はスマホに撮ってあるよね?」

警視正の頭蓋骨からサロンプスを剝いで神鈴が言った。

「あと、警視正の髑髏もきれいに拭いてほしい。私はまだシャワーを使っていないから」

わかりましたと怜は言って、広目の真水をボウルに分けて、白布を浸して髑髏を拭いた。警視正の髑髏は、外れやすい下顎骨と頭部にマジックで『警視正』と書いてある。それをマジマジ改めながら、これはたしかに警視正だと安堵《あんど》する。下顎骨を丁寧にはめ込んでバンソウコウも剝がし、清浄な水で拭って巾着袋に納め直した。

「おかげでようやくサッパリしたよ」

警視正は首を外してデスクに載せると、自慢の髪を整え始めた。

そのころにヤカンがピーピー言い始めたので、再び給湯室へ向かうと、広目とシャワーを交代する赤バッジが彼にそっと耳打ちしていた。

「気をつけろ、リウの婆さんが出歯亀《でばがめ》してるぞ」

広目は短く「フン」と言い、ポーカーフェイスでシャワー室へ消えた。

全員にお茶を飲ませ終えると、怜は自分のデスクで墨を摺《す》り、二枚の紙に呪紋を描いた。神鈴は箱を探しに出ていき、三婆ズは塩漬けになった黒仏の近くで車座になって四方《よも》山話《やまばなし》に花を咲かせた。土門班長はまだ帰ってこられず、広目は報告書を打ち始めている。扉は静かで、でたらめな落書きを映し出し、その前で警視正が報告書に判を押していた。赤バッジは自分のデスクから怜が描く呪紋を見ていた。

「今年は芋が豊作で」

と、小宮山さんが言う。

「まー、でかい芋ばっかり採れるんだよな。あれだな、日照り続きで気温が高かったのと、根元をワラで覆ってやったのがよかったのかもしれねえな」

「お芋は美味しいわよねえ。大好きよ、わたくしは」

「近所の子供らに芋掘りさせてさ、家に持ち帰らせたら喜んでたな」

「芋やカボチャは掘ってすぐより寝かせたほうが美味しいんだよ。まあ、子供はあれかね、掘ったらすぐに食べたいかもね」

「おれもいちおう寝かしたほうが旨《うま》いと話しはしたけどな、自分で採った芋だから、どうでも好きに食ったらいいよ」

「お芋はやっぱり焼き芋よねえ。あと大学芋」

「あたしは天ぷらが好きだね」

「おれの畑があんまり豊作だったから、爺《じい》さんがあれを買ってきた」

小宮山さんが嬉しそうに言った。

「ほれ、なんてったかな、壺《つぼ》っての？　芋を焼くでっかい壺だよ。潰れた店で使ってたのが一個三千円で売ってたってな」

「焼き芋壺のことかね？　最近はそこいら中で流行《はや》りだね。昔みたいにホクホクした芋じゃなく、黄色くてねっとりしていて甘い芋になったよね」

「あれは美味しいわよねえ。蜜《みつ》芋って言ったかしら？」

「ババアどもはよくもあんな騒ぎの後で、食い物の話ができるな」

赤バッジがボソリと言った。

「明日《あした》のことはわからないから、今を精一杯楽しむんだそうですよ」

筆を止めて怜が言うと、

「ま、年寄りだしな」

と、赤バッジは呟いた。心なしか、力のない声だった。

「蜜芋ってぇのは芋の種類で、焼き方じゃねぇよう」

小宮山さんはリウさんを笑い、不意に怜と赤バッジのほうを向いて、こう言った。

「怜くん。お札をさ、ちょいと多めに描いてくれねぇ？　神鈴ちゃんが持ってくる箱にコレを入れたらさ」

つま先で黒仏を蹴る真似をする。怜は顔を上げて小宮山さんを振り向いた。三人の足下では線香がまだたなびいている。

「おれが持って帰ぇるから、土門さんにそう言っといて」

「え？」

と、怜は眉を寄せ、

「どういうことですか？」

と、訊ねた。警視正も広目も驚いた顔で彼女を見つめる。

「おれん家《ち》にさ、小せえ米びつがあるんだよ。錫《かね》でできてて、もう捨てようと思ってたんだけど、ちょうどコレが」

またもつま先で黒仏を蹴る真似をして、

「収まるくらいの大きさなんだ。だから怜くんのお札をさ、米びつの内側に貼り付けて、これを箱ごと入れるだろ？　その米びつを焼き芋壺にツッコんで、炭入れて、芋焼けば、いい加減に蒸《む》し焼《や》きになって、米びつより先に中身のほうが焼けると思うんだ」

「あー、電子レンジみたいなもんだね」

千さんが頷いたので、

「焼き芋壺で黒仏を焼くってか」

赤バッジは呆れてあんぐりと口を開いた。

「ボケかボトケか知らねえけども、要は漆を塗ったくった干物の耳だろ」

「干物は早く焦《こ》げるからいいと思うよ——」

と、千さんも言った。

「——耳は脂が多いしクサいから、壺で焼くのは名案だよね。さすがは小宮山さん」

「そうだわねえ。わたくしも、いいと思うわ……で、ルビーは燃え残るのかしら」

「いい加減にしておきなって」

千さんが叱ったとき、ドアが開いて神鈴が戻った。

「手頃な箱が見つかった。携帯トイレの箱だけど、中身を出して持ってきちゃった」

そして呆れ顔で固まっているミカヅチメンバーを見て訊いた。

「どうしたの？　何かマズかった？」

神鈴が持ち帰った携帯トイレの箱は黒仏にピッタリのサイズだった。

怜らは箱の内部に天と地の呪紋を貼り付け、塩が漏れ出さないようテープで塞ぎ、塩ごと黒仏をすくって内部に収めた。箱の表面にお札を貼って、千さんが弁当を入れてくる風《ふ》呂敷《ろしき》でそれを包んだ。

念のため包みに耳を近づけてみると、遥か遠くで粟粒《あわつぶ》が水を含むときのような音がしていた。擬似的に作られた新しい世界で、黒仏は悪事の暴露を呟き続ける。

「どうだね？　広目くん」

と、警視正が訊く。

広目は水晶の目を包みに向けると、しばし霊視してから言った。

「瘴気は漏れ出していないようです」

「安田くんはどう思う？」

「広目さんに同感です」

土門はまだ東京に着かない。

「それじゃ、おれがもらっていくから」

小宮山さんがそう言って、三婆ズは黒仏の包みをお掃除カートに放り込んだ。

「折原さん。レントゲン機械の設営手助けと、ミカヅチのお部屋のお掃除だけど、どんな項目で請求書を上げたらいーぃ？」

「通りがいいのは『銀座無差別殺傷事件』だな。名目はそれで頼むよ」

「あと、黒ボケの焼き賃は少しおまけしてやるからな。豊作でクズ芋がけっこう採れてさ、畑に残してネズミを呼んでもあれだから。あと、神鈴ちゃんに前払いで羊羹食わせてもらったしな」

「羊羹が役に立って、土門班長が喜ぶわ」

神鈴がニッコリ微笑むと、

「あの菓子を選んだのは俺だぞ」

赤バッジは呟いた。

土門くんが戻ったら依頼書を上げる、と警視正が言うと、三婆ズは黒仏の入ったカートをゴロゴロ転がして、姦《かしま》しく笑いながら部屋を出ていった。

ミカヅチ班の部屋に今は爽やかな風が吹く。

それは自然の風ではなくて、瘴気が去ったことを示す何かだと怜は思う。

時が来る、そのときが来るぞ。まさかあの声に救われる日が来るとは思わなかった。怜は件の扉を見たが、一瞬だけ隙間が空いたときに見たおぞましいものの気配はもうなくて、デタラメに浮き出した落書き模様が、赤バッジが神鈴に送ったスタンプの『グー』のマークに似ている気がした。

エピローグ

陰陽師の勉強会から土門が戻り、久々にミカヅチ班の全員が揃った二日後の昼。

怜が瞑想を終えたころに、三婆ズが今回の請求書を届けにやって来た。上の廊下で赤バッジと会ったと言って、リウさんが赤バッジの腕を引いている。

「だー、かー、ら、俺は忙しいんだと言ってるだろうが」

赤バッジは怖い顔をさらに怖くしていたが、リウさんは気に留《と》める素振りもなくて、

「忙しい忙しいと騒ぐ人ほど、たいした仕事をしてないものよ」

すました顔でそう言った。

「まあ、そこへお座りなさいって。ドラヤキ坊ちゃん、お茶をお願い」

赤バッジをデスクに座らせると、リウさんは怜にお茶を要求し、警視正に請求書を差し出した。

「毎度ありがとうございます」

千さんと小宮山さんが同時に言った。

その小宮山さんは茶色い袋を抱えていて、香ばしくて甘い匂いを漂わせている。

「焼き芋の匂いがするわ」

と、神鈴が言って、嬉しいような、困ったような表情をした。

「まさかと思うけど……それ……」

あのときまだ署に戻れなかった土門には、怜らと小宮山さんが黒仏に施した処置について報告してあり、三婆ズがブツを持ち帰ったことも了承済みだが、その後の首尾については、まだ誰も話を聞いていなかった。

神鈴が言わんとしたのは、まさかそれ、黒仏で焼いた焼き芋なの？　ということだ。

「そうそう。おれの畑で採れた芋をな、焼き芋にして持ってきた。当節流行の蜜芋じゃあねえよ？　昔ながらのホクホクしたやつだ。それでも今年のは、よくできていてうんめえからさ、食べてみて」

小宮山さんは会議用テーブルに袋を置くと、中から新聞紙に包んだ芋をいくつも出した。香りはたしかに、甘く香ばしい焼き芋だ。

「そういえば、小宮山さんは壺で黒仏を焼いたそうですが、どうでしたか？　うまく焼けましたかね？」

焼き芋を見ながら土門が訊いた。壺が焼き芋壺であることなんて、たぶん想像もしていないのだ。怜がお茶を淹れる間に、小宮山さんは得意げに言う。

「焼けた焼けた。それがまー、臭くてさ、くせえわくせえわ、ありゃ近所迷惑だったな。イマドキはみんな、昼間は仕事に出ているからさ、苦情言ってくる人もいないで助かったけど、いくら畑が広くってもさ、あんな臭いがしちゃあなぁ」

「お代はおまけと思っていたけど、臭いを嗅いだらやめておいたわ。うっかり燃やしてしまったけれど、あんな臭いがするとわかっていたら、どこか遠くまで運んでいって、それ相応の準備が必要だったはずだから」

「知らずに火を点けちゃったからね。途中でやめるわけにもいかないで、こっち側でワラを燃やしたり、ヒバや杉を燃やしたりで、大騒ぎだったよ」

と、千さんも言った。三人はそのときのことを思い起こして苦笑いしている。

「それは大変でしたねぇ。で？　ブツは結局どうなりました？」

土門は早速焼き芋をひとつ取り、新聞紙を剝いている。

「米びつだけ残してきれいに焼けたよ。冷めてから開けてみたけど、跡形もなかった。灰くらいは残っているかと思ったんだけど、それもなかったな」

土門は頷いて、今度は焼き芋の皮を剝く。神鈴がもの言いたげにリアクションを送っても、芋だけ見ていて気がつかない。

「もともとが寿命を終えた呪物ですからねぇ。消え去る機会を待っていたのでしょう。岩屋から持ち出されることがなかったら、土に埋もれて往生できていたのでしょうが」

お茶が入ったので運んでいった。

警視正より先に三婆ズに。そして警視正と班長に、広目や神鈴や赤バッジのデスクにもお茶を置くと、土門と三婆ズはすでに焼き芋を食べていた。げ。と、怜は心で言った。

「ほれ、折原さん」

小宮山さんが警視正の前に芋を置く。匂いのみを糧とする警視正はともかく、ほかの者らは誰も焼き芋に手を出さない。平気で食べているのは土門班長と三婆ズだけで、芋は見る見る減っていく。

「あれ。食べねえの？　冷めてるけどうめえよ」

皮の焦げたところだけ新聞紙に除《の》けながら小宮山さんが言う。

「蜜芋もいいけれど、わたくしたち世代にはホクホクしたお芋が嬉しいのよね。新聞紙の匂いがまた懐かしくっていい感じ」

どんどん芋が減っていき、残りわずかになったとき、千さんが言った。

「今の人は芋きらいかねえ？　神鈴ちゃんは？　食べないの？」

「大好きだけど、作り方がちょっと……」

「だよな。俺たちには神経ってのがあるんだよ」

赤バッジが呆れて言った。

「神経ならおれたちにもあるよ？　なあ？　神経あるよー、繊細だよう」

「それでよく芋が食えるな。あんな気色の悪い」

「あ」

と、千さんが手を打った。

「もしかして、米びつの壺で焼いた芋だと思ってる?」

「違うのかよ」

と、赤バッジは言った。

「ちがうわよう。すごーくクサかったと言ったじゃないの。一緒に焼いたお芋なんて食べられないわよ」

「だけど壺で焼いたって……」

「爺さんが潰れた店で買った焼き芋壺な。一個三千円で二個買ってきたんだよ。黒ボケとクズ芋を焼いたほうの壺は捨てたよ、臭えから。粉々に砕いて畑に埋めた」

「なるほど。それで請求書に芋壺代三千円が加算されているのだな」

と、警視正が言う。

「え? じゃあ、そのお芋」

「うちの畑で採れたイモだと言ったじゃねえか。焼き芋壺で焼いたやつ」

「それを早く言え」

と、赤バッジと神鈴がすかさず芋を奪取する。新聞紙を剝いて半分に割って、かぶりつ

くなり目を丸くして、

「やだ、おいしいーっ。メチャ甘い！」

と、唇を拭った。

芋はすでに残りひとつになっていた。


最後の芋を分け合って、怜らは焼き芋を味わった。ほのかに新聞紙の香りをまとった焼き芋は、身がホクホクとして甘く、皮はカリカリ香ばしく、焦げた部分の苦みがよかった。小宮山さんが土を耕し、苗を植えて大きく育て、ワラで覆いをするなどして手塩にかけた芋だと思えばなおさらだった。焼き芋なんて、好んで食べたのはいつ以来だろう。

怜は記憶を辿《たど》ってみたが、コンビニでアルバイトをしているときに、売れ残って固くなった芋を深夜の公園で食べたことが思い出されて複雑な心境になった。

切れ端を大切に味わっているとき、怜は不意に、赤バッジがいつものように毒舌でなく、しかも意気消沈して見えることに気がついた。片手に芋を、片手にお茶を持ちながら、彼はデスクに貼った妹の写真を見ている。真理明さんは今日も体調が良さそうだった。いつもより長く目を開けていたし、いつもより肌がきれいになっていた。極意さんは彼女に会いたいのかな。幽世で姿を見かけて里心がついたんだろうか。

芋を囓《かじ》って咀嚼《そしゃく》して、怜はそうではないと気がついた。

異能者揃《ぞろ》いのミカヅチ班でも、地獄の犬を見ることができたのは、今までに怜しかいなかった。けれど赤バッジは幽世で、やっぱりアレの姿を見てしまったのではなかろうか。いつか自分を食い殺しに来る恐ろしい怪物の姿を見たとしたなら……芋が喉につっかえて、怜は「けっけ」と咳払いした。いつもならツッコむはずの赤バッジは、チラリと目を上げただけで何も言わない。その目の色を見て、やっぱりそうだと怜は思った。

黒仏を焼いたことについて三婆ズが言っていた。あんな臭いがするとわかっていたら、どこか遠くまで運んでいったと。知らずに火を点けちゃったんだと。

地獄の犬を知らないからこそ、極意さんは恐怖を感じなかったのかもしれない。自分の運命を具体的に思い起こすことがなかったからこそ、普通でいられたのかもしれない。真理明さんのために死ぬのは怖くない。死ぬことだけを思えばそうだろうけど、あのおぞましい姿をした犬が、人を簡単に食い殺すはずはないと知ったのだ。サソリの尻尾と獣の三つ首、燃えるような目と瘴気の塊、地獄の犬は人を弄んで食い殺す。ただ死なせてくれるわけじゃない。それを彼が知ってしまったら。

赤バッジが芋を噛む。その横顔に覇気がないと感じるのは、だからだろうか。

無邪気に芋を頬張る神鈴と、焼き芋談義をする土門。お茶と芋の香りを楽しむ警視正に、黙々と食べ物を消化している広目。そして大好きな三婆ズ。

怜はひとりひとりを順繰りに見て、どうか彼らが平穏でありますようにと願う。

ここここそが、自分のいるべき場所なんだ。自分はそのために生まれてきたのだ。

件の扉に目を向けて、そっと拳を握りしめてみる。想いは熱く、とりとめもなく、怜は魂の内側で逸《はや》る気持ちを抑える術を探していた。

To be continued.

参考文献

『おもしろ雑学　日本地図のすごい読み方』ライフサイエンス（三笠書房）
『決定版　日本妖怪大全　妖怪・あの世・神様』水木しげる（講談社文庫）
「『諸國百物語』論　幽霊譚を中心に」塚野晶子（早稲田大学大学院教育学研究科紀要　別冊　24号-2　二〇一七年三月）
『改訂新版　世界大百科事典』ロゴヴィスタ
平成26年度夏季遠野市立博物館特別展『魂のゆくえ～描かれた死者たち～』遠野市立博物館
柳田國男没後60年記念事業　遠野市立博物館令和4年度夏季特別展『遠野物語の世界』遠野市立博物館

本書は書き下ろしです。
この物語はフィクションです。実在の人物・団体とは一切関係ありません。

〈著者紹介〉

内藤　了（ないとう・りょう）

長野市出身。長野県立長野西高等学校卒。2014年に『ON』で日本ホラー小説大賞読者賞を受賞しデビュー。同作からはじまる「猟奇犯罪捜査班・藤堂比奈子」シリーズは、猟奇的な殺人事件に挑む親しみやすい女刑事の造形がホラー小説ファン以外にも広く支持を集めヒット作となり、2016年にテレビドラマ化。本作は待望の新シリーズ第5弾。

黒《くろ》仏《ぼとけ》
警《けい》視《し》庁《ちょう》異《い》能《のう》処《しょ》理《り》班《はん》ミカヅチ

2024年4月12日　第1刷発行　　定価はカバーに表示してあります

著者……………………内《ない》藤《とう》　了《りょう》

発行者……………………森田浩章

発行所……………………株式会社 講談社

〒112-8001 東京都文京区音羽2-12-21

編集03-5395-3510

販売03-5395-5817

業務03-5395-3615

本文データ制作…………講談社デジタル製作

印刷……………………中央精版印刷株式会社

製本……………………中央精版印刷株式会社

カバー印刷………………株式会社新藤慶昌堂

装丁フォーマット………ムシカゴグラフィクス

本文フォーマット………next door design

ISBN978-4-06-535050-8　N.D.C.913　238p　15cm

処刑を待て。命を持て。

青き死神が罷り越す。

警視庁異能処理班ミカヅチ

第六弾

内藤了

2024年秋、怪異は加速する。